Sherlock Holmes

O Vale do Medo

ARTHUR CONAN DOYLE

Sherlock Holmes

O Vale do Medo

Tradução:
Ciro Mioranza

Lafonte

Título original: *The Valley of Fear*
Copyright da tradução © Editora Lafonte Ltda., 2018

Todos os direitos reservados.
Nenhuma parte deste livro pode ser reproduzida sob quaisquer meios existentes sem autorização por escrito dos editores.

Direção Editorial *Ethel Santaella*
Coordenação Editorial *Denise Gianoglio*
Tradução *Ciro Mioranza*
Revisão *Valéria Thomé*
Projeto gráfico de miolo e capa *Full Case*
Ilustração de capa *whitemay/istockphoto.com*
Produção gráfica *Giliard Andrade*
Diagramação *Demetrios Cardozo*

Dados Internacionais de Catalogação na Publicação (CIP)
(Câmara Brasileira do Livro, SP, Brasil)

Doyle, Arthur Conan, 1859-1930
 O vale do medo / Arthur Conan Doyle ; tradução Ciro Mioranza. -- 1. ed. -- São Paulo : Lafonte, 2021.

 Título original: The valley of fear
 ISBN 978-65-5870-142-2

 1. Ficção policial e de mistério (Literatura inglesa) 2. Holmes, Sherlock (Personagem fictício) I. Título.

21-73893   CDD-823.0872

Índices para catálogo sistemático:

1. Ficção policial e de mistério : Literatura inglesa 823.0872

Aline Graziele Benitez - Bibliotecária - CRB-1/3129

Editora Lafonte
Av. Profa Ida Kolb, 551, Casa Verde, CEP 02518-000, São Paulo-SP, Brasil – Tel.: (+55) 11 3855-2100
Atendimento ao leitor (+55) 11 3855-2216 / 11 3855-2213 – atendimento@editoralafonte.com.br
Venda de livros avulsos (+55) 11 3855-2216 – vendas@editoralafonte.com.br
Venda de livros no atacado (+55) 11 3855-2275 – atacado@escala.com.br

Sumário

Apresentação 07

Primeira Parte
A tragédia de Birlstone 11

Capítulo I	O aviso	13
Capítulo II	As ponderações de Sherlock Holmes	25
Capítulo III	A tragédia de Birlstone	37
Capítulo IV	Trevas	51
Capítulo V	Personagens do drama	67
Capítulo VI	Uma luz ao alvorecer	83
Capítulo VII	A solução	101

Segunda Parte
Os Vingadores 121

Capítulo I	O homem	123
Capítulo II	O grão-mestre	135
Capítulo III	Loja 341, Vermissa	157
Capítulo IV	O Vale do Medo	177
Capítulo V	O período mais tenebroso	191
Capítulo VI	Perigo	209
Capítulo VII	A armadilha de Birdy Edwards	223
Epílogo		237

Apresentação

O escritor Arthur Ignatius Conan Doyle (1859-1930) nasceu em Edimburgo, Escócia, e se formou em medicina em 1881. Começou a exercer sua atividade profissional em exíguo consultório, onde, sem clientes, ocupava suas horas escrevendo. Optou então em servir como médico em um navio, singrando os mares por quase um ano, mas não se sentia atraído por esse modo de vida. Assim mesmo, embarcou numa segunda nave, que percorreu boa parte da costa da África durante quase seis meses. Essa nova experiência não lhe deu ânimo para continuar nesse ofício, por causa das agruras das viagens marítimas; decidiu então nunca mais zarpar em qualquer vapor, mesmo porque ganhava mais escrevendo do que exercendo sua profissão a bordo, como ele próprio afirmou, nessa época, em carta endereçada à mãe.

Passou então a dedicar-se exclusivamente à atividade literária que, desde sua juventude, era uma paixão. Não parou mais de escrever e deixou vasta obra. Embora se tenha tornado mundialmente conhecido por seus escritos de crônica policial, publicou ainda títulos que contemplam variados gêneros como narrativas, contos, ensaios e obras históricas. Em seus romances policiais, criou dois personagens que acabaram se tornando mais famosos que ele próprio, o detetive Sherlock Holmes e seu inseparável e fiel parceiro Dr. Watson. Esses romances atravessaram épocas e gerações, continuando a ser reeditados em todo o mundo e nas mais diversas línguas.

O Vale do Medo é um romance policial, publicado primeiramente em capítulos na revista *Strand Magazine,* entre setembro de 1914 e maio de 1915. A obra é dividida em duas partes, parecendo que cada uma delas conta uma história diferente, a primeira localizada em território inglês e a segunda, no americano. Mas o elo que as une se revela no final da segunda. O romance se inicia com um misterioso assassinato no interior da Inglaterra, que é elucidado por Sherlock Holmes. As causas que levaram à perpetração desse crime transportam o leitor para a América do Norte, para o Vale do Medo, área de exploração de minas de carvão e de ferro. Nesta, uma gangue de maus elementos, que se autodenomina Sociedade dos Homens Livres, domina o vale com ameaças, extorsão, vinganças e assassinatos. Nesse cenário conturbado e de terror se infiltra o personagem central do romance com a missão de desbaratar essa agremiação, cujos membros se julgam estar acima da lei; depois de consegui-lo, se refugia na Inglaterra, onde sofre o atentado narrado na primeira parte. Em que pese ser um livro eivado de crimes e vinganças, o autor mostra sua refinada arte de prender o leitor do começo ao fim de sua intrincada, mas extraordinariamente bem elaborada narrativa.

O tradutor

Primeira Parte

A Tragédia de Birlstone

Capítulo I
O Aviso

Estou inclinado a pensar... – disse eu.
– Eu é que deveria fazer isso – observou Holmes, com impaciência.
Creio que sou um dos mais pacientes dos mortais; mas admito que fiquei aborrecido com a sardônica interrupção.

– Na verdade, Holmes – repliquei asperamente –, às vezes, você é um pouco desagradável.

Ele estava demasiadamente absorto nos próprios pensamentos para dar uma resposta imediata à minha recriminação. Com a cabeça apoiada na mão, diante do intocado café da manhã, olhava para a tira de papel que tinha acabado de retirar do envelope. Apanhou, então, o próprio envelope, ergueu-o contra a luz e, cuidadosamente, estudou tanto a parte externa como a aba.

– É a letra de Porlock – observou ele, pensativo. – Praticamente não tenho dúvida de que é a letra de Porlock, embora só a tenha visto duas vezes antes. O "e" grego, com o peculiar floreio no alto, é bem característico. Mas, se é de Porlock, deve ser algo de capital importância.

Ele falava mais para si mesmo do que para mim; mas minha irritação desapareceu diante do interesse que as palavras dele despertaram.

– Quem é, pois, esse Porlock? – perguntei.

– Porlock, Watson, é um pseudônimo, um mero sinal de identificação; mas por trás dele existe uma personalidade astuta e fugidia. Numa carta anterior, ele me informou claramente que esse não é seu nome e me desafiou a descobri-lo algum dia, entre os vários milhões de habitantes dessa grande cidade. Porlock é importante, não por si mesmo, mas pelo grande homem com quem está em contato. Imagine um peixe pequeno com o tubarão, o chacal com o leão, qualquer coisa insignificante em companhia do que é formidável: não só formidável, Watson, mas sinistro... sinistro, no mais alto grau. É por isso que ele entra em meu campo de ação. Já me ouviu falar do professor Moriarty?

– O famoso e sistemático criminoso, tão famoso entre delinquentes quanto...

– Não me envergonhe, Watson! – murmurou Holmes, em tom de súplica.

– Eu ia dizer quanto ele é desconhecido do público.

– Ótimo! Acertou em cheio! – exclamou Holmes. – Você está desenvolvendo certa veia inesperada de humor crítico, Watson, contra o qual preciso aprender a me precaver. Mas, ao chamar Moriarty de criminoso, você está proferindo uma calúnia aos olhos da lei – e aí residem a glória e o absurdo da coisa! Esse homem é o maior impostor de todos os tempos, o mentor de todas as diabruras, o cérebro que controla o submundo, um cérebro que poderia ter feito ou frustrado o destino de nações! Mas está tão distante de qualquer suspeita, tão imune a críticas, tão admirável em seu controle e em sua capacidade de se ocultar que, por essas simples palavras que você pronunciou, ele poderia arrastá-lo aos tribunais e sair de lá com direito a receber sua pensão anual como indenização por danos morais. Não é ele o célebre autor de *A din*âmica de um asteroide, livro que ascende a tal altura da matemática pura que, segundo se diz, não há ninguém na imprensa especializada capaz de criticá-lo? Pode-se desacreditar em um homem desses? Médico desbocado e professor caluniado. Esses seriam os respectivos papéis de cada um de vocês dois! Esse sujeito é um gênio, Watson. Mas, se eu for poupado por homens de menor qualificação, nosso dia de acerto de contas certamente vai chegar.

– Que eu possa estar lá para ver! – exclamei, piamente. – Mas você estava falando de Porlock.

– Ah! Sim... o assim chamado Porlock é um elo na corrente a pouca distância de sua principal ligação. Cá entre nós, Porlock não é um elo muito sólido. Ele é a única falha nessa corrente, até onde pude testá-la.

– Mas nenhuma corrente é mais forte que seu elo mais fraco.

– Exatamente, meu caro Watson. Daí a extrema importância de Porlock. Movido por algumas aspirações rudimentares para o que é correto e incentivado pelo criterioso estímulo de uma nota ocasional de 10 libras, enviada por métodos tortuosos, uma ou duas vezes me forneceu informações preliminares que foram de grande valia – tão valiosas que permitem antecipar e evitar o crime, em vez de ter de puni-lo. Não posso duvidar de que, se tivéssemos a chave dessa mensagem cifrada, haveríamos de descobrir que essa comunicação é da natureza que presumo.

Mais uma vez Holmes alisou o papel sobre seu prato vazio e limpo. Eu me levantei e, espiando por sobre o ombro dele, fixei o olhar na curiosa inscrição, que dizia o seguinte:

534 C2 13 127 36 31 4 17 21 41 **DOUGLAS**
109 293 5 37 **BIRLSTONE** 26
BIRLSTONE 9 127 171

– O que deduz disso, Holmes?
– É obviamente uma tentativa de transmitir uma informação secreta.
– Mas de que serve uma mensagem cifrada sem a chave da escrita secreta?
– Neste caso, absolutamente nada.
– Por que diz "neste caso"?
– Porque há muitos códigos que eu poderia decifrar com tanta facilidade como faço com os anônimos das seções de classificados dos jornais: esses rudes truques divertem a inteligência sem fatigá-la. Mas essa mensagem é diferente. É uma clara referência às palavras de uma página de algum livro. Até que eu saiba que página e que livro, nada poderei fazer.
– Mas por que "Douglas" e "Birlstone"?
– Claramente porque essas palavras não estão contidas na página em questão.
– Então por que ele não indicou o livro?
– Sua sagacidade natural, meu caro Watson, essa astúcia inata que delicia seus amigos, certamente o impediria de inserir a chave secreta e a mensagem cifrada no mesmo envelope. Se este se extraviasse, você estaria perdido. Dessa maneira, é preciso que ambos se percam para que disso resulte algum prejuízo. Já passa da hora da segunda visita do carteiro e ficarei surpreso se não nos trouxer outra carta com uma explicação ou, o que é mais provável, o próprio volume a que esses números se referem.

A previsão de Holmes se confirmou em poucos minutos pela chegada de Billy, o mensageiro, exatamente com a carta que estávamos esperando.

– A mesma letra – observou Holmes, ao abrir o envelope – e, desta vez, assinada – acrescentou, com voz exultante, ao desdobrar a carta. – Veja, estamos progredindo, Watson.

Sua fisionomia, porém, se anuviou quando correu os olhos pelo conteúdo.

– Meu Deus, que decepção! Receio, Watson, que todas as nossas expectativas deram em nada. Espero que esse Porlock não venha a sofrer algum dano. Eis o que ele diz:

"Caro Sr. Holmes,

Não vou continuar nesse caso. É perigoso demais. Ele desconfia de mim. Posso ver que suspeita de mim. Aproximou-se inesperadamente de mim quando eu já havia posto o endereço neste envelope, com a intenção de lhe enviar a chave da mensagem cifrada. Mal tive tempo de escondê-lo. Se ele o tivesse visto, teria ficado realmente complicado para mim. Mas li suspeita nos olhos dele. Por favor, queime a mensagem cifrada, que agora já não lhe será mais útil.

Fred Porlock."

Holmes passou algum tempo enrolando a carta entre os dedos e, franzindo as sobrancelhas, ficou olhando fixamente para a lareira.

– Afinal de contas – disse ele, finalmente –, pode não haver nada nisso tudo. Ele pode estar apenas com a consciência pesada. Sabendo que ele próprio é um traidor, pensou ver a acusação nos olhos do outro.

– O outro sendo, presumo, o professor Moriarty.

– Ninguém menos. Quando alguém daquele bando se refere a "ele", já se sabe de quem se trata. Para toda essa gente, só há um único "ele".

– Mas o que ele pode fazer?

– Hum! É uma pergunta difícil. Quando você tem contra si um dos mais eminentes cérebros da Europa e todas as forças das trevas do lado dele, as possibilidades são infinitas. De qualquer modo, nosso amigo Porlock está evidentemente em pânico total... Por favor, compare a letra do bilhete com a do envelope; este teve o endereço escrito, como ele nos conta, antes dessa malfadada visita. Uma é clara e firme. A outra, quase ilegível.

– Por que escreveu, então? Por que simplesmente não desistiu?

– Porque temia que, nesse caso, eu fizesse alguma investigação sobre ele e possivelmente lhe causasse problemas.

– Sem dúvida – admiti. – É claro. – Eu havia tomado a mensagem cifrada e a estava examinando. – É realmente de enlouquecer pensar que pode haver um segredo importante aqui nessa tira de papel e que está acima da capacidade humana penetrá-lo.

Sherlock Holmes tinha afastado seu café da manhã intocado e havia acendido o cachimbo malcheiroso, que era o companheiro de suas meditações mais profundas.

– Quem sabe! – disse ele, reclinando-se e fitando o teto. – Talvez haja pontos que escaparam de seu intelecto maquiavélico. Vamos considerar o problema à luz da pura razão. Esse homem se refere a um livro. E esse é nosso ponto de partida.

– Um ponto um tanto vago.

– Vamos ver então se podemos delimitá-lo. À medida que nele me concentro, parece bem menos impenetrável. Que indicações temos a respeito desse livro?

– Nenhuma.

– Bem, bem, a situação não é certamente tão má assim. A mensagem cifrada começa com um destacado 534, não é? Podemos admitir, como hipótese de trabalho, que 534 é a página específica a que a mensagem se refere. Assim sendo, podemos deduzir que nosso livro é bem volumoso, o que, com toda a certeza, já é alguma coisa. Que outras indicações temos com relação à natureza desse espesso volume? O sinal seguinte é C2. O que acha disso, Watson?

– Capítulo dois, sem dúvida.

— Dificilmente, Watson. Estou certo de que há de concordar comigo que, se a página foi dada, o número do capítulo é irrelevante. Além do que, se a página 534 nos leva somente ao segundo capítulo, o tamanho do primeiro deve ser realmente intolerável.

— Coluna! — exclamei.

— Brilhante, Watson! Você está cintilante esta manhã. Se não for coluna, vou ficar realmente decepcionado. Agora, portanto, como vê, começamos a visualizar um grosso livro, impresso em duas colunas, ambas de considerável tamanho, visto que uma das palavras é indicada no documento como a de número 293. Será que chegamos ao limite do que a razão pode fornecer?

— Receio que sim.

— Certamente, você está sendo injusto consigo mesmo. Mais um lampejo, meu caro Watson... mais outra onda cerebral! Se o volume fosse pouco difundido, ele o teria enviado para mim. Em vez disso, pretendia, antes que seu plano fosse frustrado, me enviar a chave do código neste envelope. É o que ele diz no bilhete. Isso pareceria indicar que é um livro que eu, no pensamento dele, não teria dificuldade em encontrar. Ele o tinha... e imaginava que eu o tivesse também. Em resumo, Watson, é um livro muito comum.

— O que você diz certamente soa plausível.

— Desse modo, restringimos nosso campo de busca a um livro espesso, impresso em duas colunas e de uso comum.

— A Bíblia! — exclamei, triunfante.

— Bom, Watson, bom! Mas não, se me permite dizê-lo, suficientemente bom! Mesmo que eu aceitasse o elogio para mim mesmo, ser-me-ia dificultoso citar um volume que, com toda a probabilidade, um dos associados de Moriarty haveria de ter em mãos. Além disso, as edições das Sagradas Escrituras são tão numerosas que ele dificilmente poderia supor que dois exemplares haveriam de ter a mesma paginação. Este é, claramente, um livro padronizado. Ele tem certeza de que sua página 534 haverá de coincidir exatamente com minha página 534.

– Mas bem poucos livros haveriam de mostrar essa correspondência entre si.

– Exatamente. E aí reside nossa salvação. Nossa busca fica restrita a livros padronizados, que qualquer pessoa pode possuir.

– Bradshaw!

– Improvável, Watson. O vocabulário de Bradshaw é vivo e sucinto, mas limitado. A seleção de palavras dificilmente se prestaria para o envio de mensagens gerais. Vamos eliminar Bradshaw. O dicionário é, receio, inadmissível pela mesma razão. O que sobra então?

– Um almanaque!

– Excelente, Watson! Devo estar muito enganado, se você não acertou o alvo. Um almanaque! Vamos considerar as credenciais do almanaque *Whitaker*. É de uso geral. Tem o número de páginas requerido. Está impresso em duas colunas. Embora originalmente fosse modesto em seu vocabulário, tornou-se, se bem me lembro, bastante pródigo em palavras nas últimas edições – tomou o volume de cima da escrivaninha. – Aqui está a página 534, coluna dois, um substancial bloco de texto tratando, pelo que percebo, do comércio e dos recursos das Índias Britânicas. Anote as palavras, Watson! A número 13 é "Mahratta". Receio que não é um começo muito auspicioso. A número 127 é "Governo", que, pelo menos, faz sentido, embora seja um tanto irrelevante para nós e para o professor Moriarty. Agora, vamos tentar de novo. O que faz o governo de Mahratta? Não! As palavras seguintes são "cerdas de porco". Estamos sem saída, meu bom Watson! Acabou!

Ele havia falado em tom de brincadeira, mas a contração de

suas espessas sobrancelhas denunciava desapontamento e irritação. Fiquei sentado impotente e infeliz, contemplando o fogo da lareira. Um longo silêncio foi rompido por uma súbita exclamação de Holmes, que correu para um armário e voltou com um segundo volume de capa amarela na mão.

– Pagamos o preço, Watson, por estarmos atualizados demais! – exclamou ele. – Estamos à frente de nosso tempo e sofremos as usuais punições. Como estamos no dia 7 de janeiro, nós já providenciamos o novo almanaque. É mais que provável que Porlock extraiu sua mensagem do anterior. Sem dúvida, seria isso que nos teria dito, se tivesse escrito a carta com a devida explicação. Agora, vejamos o que nos reserva a página 534. A palavra número 13 é "aí", o que é muito mais promissor. A número 127 é "está"... "aí está, melhor, há" – os olhos de Holmes brilhavam de excitação, e seus dedos finos e nervosos saltitavam enquanto contava as palavras. – "Perigo". Ha! Ha! Excelente! Anote isso, Watson. "Há perigo - pode - vir - logo - um". Temos então o nome "Douglas" - "rico - interior - agora - em - Birlstone - casa - Birlstone - confiança - é - urgente". Aí está, Watson! O que pensa da pura razão e de seus frutos? Se o dono da quitanda vendesse coroas de louros, eu mandaria Billy comprar uma.

Eu olhava para a estranha mensagem que havia rabiscado numa folha de papel sobre os joelhos, enquanto ele a decifrava.

– Que maneira esquisita e confusa de exprimir uma ideia! – observei.

– Ao contrário, ele se saiu extraordinariamente bem – retrucou Holmes. – Quando você procura, numa única coluna, palavras para exprimir seu pensamento, dificilmente pode esperar encontrar tudo o que quer. Está propenso a deixar alguma coisa por conta da inteligência de seu correspondente. O sentido está perfeitamente claro. Um plano diabólico está sendo tramado contra um certo Douglas, seja ele quem for, residente onde indicado, um rico cavalheiro do interior. Ele tem certeza – "confiança" foi a palavra mais próxima de "certeza" que encontrou – de que é urgente. Aí está nosso resultado. E foi um primoroso exerciciozinho de análise!

Holmes deixava transparecer a alegria impessoal do verdadeiro artista perante sua melhor obra, assim como lamentava amargamente quando ela ficava aquém do alto nível a que aspirava. Ainda se regozijava com seu êxito, quando Billy abriu a porta e introduziu na sala o inspetor MacDonald, da Scotland Yard.

Eram os primeiros dias do final da década de 1880, época em que Alec MacDonald ainda estava longe de ter atingido a fama nacional de que goza hoje. Era um jovem, mas confiável membro do corpo de detetives, que já se havia distinguido em vários casos que lhe tinham sido confiados. Sua figura alta e ossuda denunciava excepcional força física, ao passo que o crânio avolumado e os olhos brilhantes e fundos revelavam não menos claramente a arguta inteligência que cintilava por detrás de suas espessas sobrancelhas. Era um homem de parcas palavras, preciso, de natureza inflexível e com forte sotaque de Aberdeen.

Já por duas vezes em sua carreira, Holmes o ajudara a obter sucesso, tendo como única recompensa o prazer intelectual de ter resolvido o problema. Por essa razão, a afeição e o respeito que o escocês tributava ao colega amador eram profundos, e ele os demonstrava pela franqueza com que consultava Holmes em todas as dificuldades. A mediocridade não vê nada mais elevado que ela própria, mas o talento reconhece o gênio instantaneamente, e MacDonald tinha talento suficiente para perceber que não havia nenhuma humilhação em buscar o auxílio de quem já se sobressaía na Europa, tanto pelos dotes quanto pela experiência. Holmes não era propenso à amizade, mas tratava o corpulento escocês com amabilidade e sorriu ao vê-lo.

– Acordou bem cedo hoje, senhor Mac – disse ele. – Deus ajuda quem cedo madruga. Receio, porém, que isso signifique que algo complicado o traz aqui.

– Se tivesse dito "espero" em vez de "receio", acho que estaria mais perto da verdade, senhor Holmes – respondeu o inspetor, com um sorriso significativo. – Bem, talvez um pequeno gole ajude a atenuar o rude frio da manhã. Não, não fumo, obrigado. Vou ter de ir direto ao ponto, pois as primeiras horas de um caso são as mais preciosas, como o senhor sabe melhor do que ninguém. Mas... mas...

Subitamente o inspetor se calou e passou a fitar, com um olhar de absoluto assombro, um papel sobre a mesa. Era a folha em que eu havia rabiscado a mensagem enigmática.

– Douglas! – gaguejou ele. – Birlstone! O que é isso, senhor Holmes? Homem, isso é bruxaria! Por tudo quanto é mais sagrado, onde achou esses nomes?

– É uma mensagem codificada que o Dr. Watson e eu tivemos oportunidade de decifrar. Mas por que... o que há de errado com os nomes?

O inspetor olhou alternadamente para nós dois, aturdido de espanto.

– Só isso – disse ele –, o senhor Douglas, da mansão de Birlstone, foi horrivelmente assassinado ontem à noite!

Capítulo II
As Ponderações de Sherlock Holmes

Era um desses momentos dramáticos para os quais meu amigo parecia existir. Seria exagerado dizer que estava chocado ou mesmo excitado com a espantosa comunicação. Sem demonstrar o menor traço de crueza em sua singular compostura, ele estava indubitavelmente calejado contra chocantes estímulos. Mesmo assim, se suas emoções estavam embotadas, sua inteligência estava extremamente ativa. Não havia o mínimo vestígio do horror que eu mesmo sentia perante essa rude declaração; mas seu rosto, pelo contrário, mostrava a tranquila e interessada compostura do químico que vê os cristais se formarem, segundo a fórmula desejada, de uma solução supersaturada.

– Notável! – disse ele. – Notável!

– O senhor não parece ter ficado surpreso.

– Interessado, senhor Mac, mas dificilmente surpreso. Por que haveria de ficar surpreso? Recebo uma comunicação anônima, de alguém que julgo importante, avisando-me do perigo que ameaça certa pessoa. Depois de uma hora fico sabendo que esse perigo se materializou realmente e que essa pessoa está morta. Estou interessado; mas, como pode observar, não estou surpreso.

Em breves palavras, explicou ao inspetor os fatos relativos à carta e à mensagem cifrada. MacDonald permaneceu calado com o queixo entre as mãos e as grandes sobrancelhas cerradas num entrelaçamento amarelado.

– Estava pronto para seguir para Birlstone esta manhã – disse ele. – Passei por aqui para lhe perguntar se desejava ir comigo – o senhor e seu amigo. Mas, pelo que me diz, talvez fosse melhor ficarmos em Londres.

– Acho que não – replicou Holmes.

– Com os diabos, senhor Holmes! – exclamou o inspetor. – Dentro de um ou dois dias, os jornais estarão repletos de notícias sobre o mistério de Birlstone; mas onde está o mistério, se há um homem em Londres que profetizou o crime antes de ele ter ocorrido? Só temos que pôr as mãos nesse homem, e o resto virá por si.

– Sem dúvida, senhor Mac. Mas de que maneira pretende pôr as mãos no assim chamado Porlock?

MacDonald devolveu a carta que Holmes lhe havia alcançado.

– Postada em Camberwell... isso não nos ajuda muito. O nome, como o senhor diz, é fictício. Com certeza, também não ajuda em nada. Não disse que já lhe enviou dinheiro?

– Duas vezes.

– E como?

– Em notas, para a agência postal de Camberwell.

– Nunca se preocupou em saber quem as recebia?

– Não.

O inspetor parecia surpreso e um tanto chocado.

– Por que não?

– Porque sempre cumpro minha palavra. Eu lhe havia prometido, da primeira vez que ele me escreveu, que não tentaria descobrir a identidade dele.

– Acredita que haja alguém por trás dele?

– Sei que há.

– Esse professor que o ouvi mencionar?

– Exatamente.

O inspetor MacDonald sorriu, e suas pálpebras se agitaram ao olhar de soslaio para mim.

– Não quero lhe ocultar, senhor Holmes, que nós, no Departamento Central de Inteligência, julgamos que o senhor tem certa obsessão por esse professor. Eu mesmo realizei algumas investigações nesse caso. Ele parece ser um homem muito respeitável, erudito e talentoso.

– Fico deveras contente pelo fato de que tenha chegado a reconhecer o talento dele.

– Mas não se pode senão reconhecê-lo. Depois que soube de sua opinião a respeito dele, fiz questão de conhecer esse sujeito. Tive uma conversa com ele sobre eclipses. Não consigo me lembrar de como a conversa acabou tomando esse rumo; mas ele tinha um refletor e um globo e, num minuto, deixou tudo muito claro. Ele me emprestou um livro; e não me importo em dizer que estava um pouco acima de meu entendimento, embora eu tenha recebido uma boa educação em Aberdeen. Teria dado um bom clérigo com seu rosto fino, cabelo grisalho e a forma solene de falar. Quando pôs a mão em meu ombro, ao nos despedirmos, tive a impressão de receber a bênção do pai antes de partir para o mundo frio e cruel.

Holmes riu para si e esfregou as mãos.

– Magnífico! – exclamou ele. – Ótimo! Diga-me, amigo MacDonald, essa agradável e tocante conversa ocorreu, suponho, no escritório do professor?

– Isso mesmo.
– Uma linda sala, não é?
– Muito bonita... muito elegante, de fato, senhor Holmes.
– Sentou diante da escrivaninha dele?
– Justamente.
– Com o sol batendo nos olhos e o rosto dele na sombra?
– Bem, foi à noite; mas me lembro que a lâmpada estava virada para meu rosto.
– Devia ser assim. Chegou a notar um quadro que fica acima da cabeça do professor?
– Não deixo escapar quase nada, senhor Holmes. Talvez tenha aprendido isso com o senhor. Sim, vi o quadro. Uma jovem com a cabeça apoiada nas mãos, parecendo fitar-nos com o canto dos olhos.
– Essa pintura é de Jean Baptiste Greuze.

O inspetor se esforçou por mostrar-se interessado.

– Jean Baptiste Greuze – continuou Holmes, juntando as pontas dos dedos e reclinando-se na poltrona –, era um artista francês que se distinguiu entre os anos de 1750 e 1800. Aludo, é claro, à época da carreira artística dele. A crítica moderna tem reforçado amplamente a excelente reputação de que ele gozava entre seus contemporâneos.

Os olhos do inspetor se mostravam desinteressados.

– Não seria melhor... – disse ele.

– É justamente o que estamos fazendo – interrompeu Holmes. – Tudo o que estou dizendo tem uma relação muito direta e vital com o que o senhor chamou de mistério de Birlstone. De fato, em certo sentido, pode ser considerado como o próprio centro dele.

MacDonald sorriu languidamente e olhou para mim, de modo suplicante.

— Seus pensamentos são um tanto rápidos demais para mim, senhor Holmes. Deixou de lado um ou dois pontos de ligação e eu não consigo captar o sentido completo. Qual poderia ser a relação entre esse falecido pintor e o caso de Birlstone?

— Todos os conhecimentos são úteis a um detetive – observou Holmes. — Mesmo o fato trivial de que em 1865 um quadro de Greuze, intitulado *La Jeune Fille à l'Agneau* (A donzela e o cordeiro), alcançou o preço de 1 milhão e 200 mil francos – mais de 40 mil libras – no leilão de Portalis pode ser motivo para uma série de reflexões em sua mente.

É claro que isso produziu efeito. O inspetor se mostrou honestamente interessado.

— Cumpre-me lembrar-lhe – continuou Holmes – que o salário do professor pode ser verificado em várias fontes dignas de crédito. Chega a 700 libras por ano.

— Então, como ele pôde comprar...?

— Exatamente isso. Como pôde?

— Sim, isso é digno de nota – disse o inspetor, pensativo. — Continue, senhor Holmes. Estou gostando de ouvi-lo. É ótimo!

Holmes sorriu. Sempre ficava emocionado ao ser objeto de genuína admiração: a característica de um verdadeiro artista.

— E a respeito de Birlstone? – perguntou ele.

— Temos tempo ainda – respondeu o inspetor, olhando para o relógio. — Tenho uma carruagem à porta e não levaremos 20 minutos até a estação Victoria. Mas voltando ao quadro: acho que me disse uma vez, senhor Holmes, que nunca tinha se encontrado com o professor Moriarty.

— Não, nunca me encontrei com ele.

— Então, como é que pode saber tudo sobre a casa dele?

— Ah! Isso é outro assunto. Já estive três vezes na casa dele; duas, à espera dele sob diferentes pretextos e partindo antes que ele aparecesse. Uma vez... bem, é um tanto difícil contar isso a um detetive oficial. Foi nessa última ocasião que tomei a liberdade de examinar os papéis dele – com os resultados mais inesperados.

– Encontrou algo de comprometedor?

– Absolutamente nada. Foi o que me espantou. Já percebeu, no entanto, a importância do quadro. Prova que ele é um homem muito rico. Como conseguiu fazer fortuna? Ele é solteiro. O irmão mais novo dele é chefe de estação no oeste da Inglaterra. A cátedra de professor lhe rende 700 libras por ano. E possui um Greuze!

– Bem?

– Com toda a certeza, a dedução é clara.

– O senhor quer dizer que ele tem uma renda imensa e que a obtém por meios ilícitos?

– Exatamente. É claro que tenho outras razões para pensar assim... Dezenas de delgados fios que conduzem vagamente ao centro da teia onde a peçonhenta e imóvel criatura fica à espreita. Só menciono o Greuze porque traz o assunto para o âmbito de sua observação.

– Bem, senhor Holmes, admito que é interessante o que me diz: é mais do que interessante – é fantástico. Mas vamos deixar isso um pouco mais claro, se puder. Trata-se de falsificação de moeda, roubo... De onde vem o dinheiro?

– Já leu alguma coisa sobre Jonathan Wild?

– Bem, o nome me é familiar. Personagem de uma novela, não é? Não dou muita atenção a detetives que aparecem em romances; tipos que fazem coisas e que nunca explicam como as fazem. É apenas imaginação; não é coisa real.

– Jonathan Wild não era detetive nem personagem de novela. Era um criminoso consumado e viveu no século passado, em torno de 1750.

– Então não me interessa. Sou um homem prático.

– Senhor Mac, a coisa mais prática que poderia fazer na vida seria enclausurar-se por três meses e ler, doze horas por dia, os anais do crime. Tudo se repete em ciclos... até mesmo o professor Moriarty. Jonathan Wild era a força oculta dos criminosos de Londres, a cujo serviço pôs seu cérebro e sua organização, mediante uma comissão de 15%. A velha roda gira, e a história se repete. Tudo já aconteceu e voltará a acontecer. Vou lhe contar uma ou duas coisas sobre Moriarty, que podem lhe interessar.

– O senhor já está despertando meu interesse, e muito.

– Acontece que sei quem é o elo principal dessa corrente. Uma corrente com esse Napoleão do mal numa extremidade e, na outra, uma centena de trapaceiros, batedores de carteira, chantagistas, jogadores, com toda a espécie de crimes no meio. O chefe do estado-maior dela é o coronel Sebastian Moran, tão reservado, precavido e inacessível à lei como ele próprio. O que acha que Moriarty paga a esse homem?

– Gostaria de saber.

– Seis mil libras por ano. Pagamento pelo trabalho intelectual, como vê – o princípio americano de fazer negócios. Soube desse detalhe por mero acaso. É mais do que ganha nosso primeiro-ministro. Isso lhe dá uma ideia dos ganhos de Moriarty e da escala em que opera. Outro ponto: ultimamente decidi investigar alguns dos cheques de Moriarty. Apenas cheques comuns e inocentes com que paga as contas domésticas. Eram emitidos contra seis bancos diferentes. Isso não lhe causa nenhuma impressão?

– Estranho, certamente! Mas o que deduz daí?

– Que ele não quer comentários sobre sua riqueza. Ninguém pode saber quanto possui. Não tenho nenhuma dúvida de que tem 20 contas bancárias; a maior parte da fortuna dele está provavelmente no exterior, no Deutsche Bank ou no Crédit Lyonnais. Um dia, quando tiver um ano ou dois à disposição, recomendo-lhe o estudo da figura do professor Moriarty.

O inspetor MacDonald foi ficando mais vivamente impressionado à medida que a conversa prosseguia. O interesse o havia absorvido totalmente. De repente, o senso prático escocês o fez voltar com um toque sobre o assunto em questão.

– Em todo o caso, isso pode ficar para depois – disse ele. – De fato, conseguiu nos desviar da rota com seus interessantes relatos, senhor Holmes. O que realmente importa é sua observação de que há alguma ligação entre o professor e o crime, a partir do aviso recebido por meio do tal Porlock. Podemos, em vista de nossa necessidade prática do momento, ir mais além?

– Podemos fazer uma ideia acerca dos motivos do crime. Como deduzo de suas primeiras afirmações, é um delito incompreensível ou, pelo menos, inexplicável. Agora, supondo que a origem do crime seja a que suspeitamos que seja, poderia haver dois motivos diferentes para tanto. Em primeiro lugar, posso lhe dizer que Moriarty governa seus homens com mão de ferro. Sua disciplina é inexorável. Só há uma única punição em seu código: a morte. Podemos presumir, portanto, que esse homem assassinado – esse Douglas, cujo destino final era conhecido por um de seus principais subordinados criminosos – tivesse, de algum modo, traído o chefe. Seguiu-se o castigo, que deveria ser conhecido de todos... mesmo que fosse somente para incutir o medo da morte em todos.

– Bem, essa é uma das hipóteses, senhor Holmes.

– A outra é que isso foi engendrado por Moriarty, no curso rotineiro dos negócios. Houve algum roubo?

– Nada soube a respeito.

– Se houve, isso certamente viria contra a primeira hipótese e favoreceria a segunda. Moriarty pode ter sido contatado para planejá-lo, com a promessa de ficar com parte do saque ou pode ter sido pago para conduzi-lo. As duas coisas são possíveis. Mas, seja qual for, ou, se houver uma terceira combinação, é em Birlstone que devemos procurar a solução. Conheço bem demais nosso homem para supor que tenha deixado aqui qualquer vestígio que nos permita chegar até ele.

– Então é para Birlstone que devemos ir! – exclamou MacDonald, pulando da cadeira. – Palavra! É mais tarde do que pensava. Cavalheiros, posso lhes dar cinco minutos para se prepararem e nada mais que isso.

– É mais que suficiente para nós dois – disse Holmes, levantando-se e correndo rapidamente para trocar o roupão pelo casaco. – Enquanto estivermos a caminho, senhor Mac, peço-lhe que tenha a bondade de me contar tudo a respeito do caso.

"Tudo a respeito do caso" provou ser desanimadoramente pouco e, mesmo assim, era bastante para convencer-nos de que o caso que tínhamos diante de nós podia muito bem ser merecedor da maior atenção de nosso perito. Ele se iluminou e esfregou as mãos ao ouvir os escassos, mas singulares pormenores. Acabávamos de passar por uma longa série de semanas estéreis e, finalmente, se apresentava um assunto digno das notáveis faculdades, que, como dons especiais, se tornam fatigantes para seu dono quando não estão em uso. O fio do cérebro fica cego e se enferruja com a inação.

Os olhos de Sherlock Holmes cintilavam, suas faces pálidas tomaram uma coloração mais viva, e todo o seu rosto ansioso brilhava com uma luz interior quando o chamado ao trabalho chegou a seus ouvidos. Curvado para a frente na carruagem, ouvia atentamente a breve exposição, por parte de MacDonald, do problema que nos aguardava em Sussex. O próprio inspetor se baseava, como nos explicou, num relato rabiscado às pressas, que lhe fora enviado por trem, nas primeiras horas da manhã. White Mason, agente da polícia local, era seu amigo pessoal e daí o fato de ter sido avisado com muito mais prontidão do que é usual na Scotland Yard, quando um funcionário da província necessita de assistência da polícia central. Nesses casos, o agente metropolitano geralmente tem de lidar com a falta quase absoluta de uma pista.

Assim dizia a carta que ele leu para nós:

"Caro inspetor Mac Donald

A requisição oficial de seus serviços se encontra em um envelope separado. Esta é para seu uso particular. Telegrafe-me comunicando qual trem da manhã pode tomar para Birlstone e eu irei aguardá-lo ou mandarei alguém à estação, se eu estiver muito ocupado. Esse caso é desconcertante. Não perca um instante para começar. Se puder trazer o senhor Holmes, por favor, faça-o, pois vai encontrar algo bem ao gosto dele. Poderíamos acreditar que tudo teria sido arranjado para produzir um efeito teatral, se não houvesse um morto envolvido. Palavra de honra! É algo desnorteante."

– Seu amigo parece não ser tolo – observou Holmes.

– Não, senhor. White Mason é um homem muito esperto, se posso julgar bem.

– Bem, tem mais alguma coisa?

– Apenas que vai nos dar todos os detalhes quando o encontrarmos.

– Então, como chegou a saber do senhor Douglas e do fato de que foi barbaramente assassinado?

– Veio no relatório oficial anexo. Não diz "barbaramente", pois não é um termo oficial reconhecido. Traz o nome de John Douglas. Menciona que os ferimentos atingiram a cabeça, provenientes de um tiro de arma de fogo. Menciona também a hora em que foi dado o alarme ontem, perto da meia-noite. Acrescenta que se trata indubitavelmente de assassinato, mas que não foi efetuada nenhuma prisão e que o caso se reveste de aspectos muito confusos e singulares. É exatamente tudo quanto sabemos até agora, senhor Holmes.

– Então, senhor Mac, com sua permissão, vamos deixar isso assim, por ora. A tentação de formar teorias prematuras com base em dados insuficientes é a ruína de nossa profissão. No momento, só consigo ver duas coisas com clareza: um cérebro invulgar em Londres e um morto em Sussex. É a ligação entre ambas que vamos tentar estabelecer.

Capítulo III
A Tragédia de Birlstone

Agora, por um momento, vou pedir licença para afastar minha insignificante pessoa e descrever os fatos que ocorreram antes de chegarmos à cena do crime e que apenas mais tarde vieram a nosso conhecimento. Só assim posso levar o leitor a apreciar as pessoas envolvidas e a estranha localização em que o destino delas foi lançado.

O vilarejo de Birlstone é um pequeno e antigo amontoado de casas de madeira e tijolos, situado na divisa setentrional do condado de Sussex. Durante séculos havia permanecido imutado; mas, há poucos anos, sua pitoresca aparência e localização tinham atraído alguns prósperos residentes, cujas casas de campo agora espiam por entre os bosques circundantes. Localmente se julga que esses bosques constituem a borda extrema da grande floresta de Weald, que se estende, sempre menos densa, até atingir as colinas calcárias do norte. Um bom número de pequenas lojas começou a se instalar para atender às necessidades da população crescente, de tal modo que parece haver alguma perspectiva de que Birlstone poderá se transformar, em pouco tempo, de um antigo vilarejo numa cidade moderna. É o centro de uma considerável área da região, uma vez que Tunbridge Wells, o lugar mais próximo em importância, fica a 10 ou 12 milhas para o oeste, perto dos limites de Kent.

A cerca de meia milha da povoação, dentro de um antigo e famoso parque de gigantescas faias, situa-se a velha mansão de Birlstone. Parte dessa venerável construção remonta à época da primeira cruzada, quando Hugo de Capus construiu uma fortificação no centro da propriedade, que lhe havia sido outorgada pelo rei Guilherme II, o Ruivo. Essa fortaleza foi destruída pelo fogo em 1543, e parte de seus alicerces enegrecidos pela fumaça foram utilizados quando, na era jacobita, se ergueu uma casa de campo de tijolos sobre as ruínas do castelo feudal.

A mansão, com seus inúmeros frontões e suas pequenas janelas de vidraças em losango, conservava ainda o estilo que o construtor lhe conferira no início do século XVII. Dos dois fossos circundantes, que tinham protegido seu predecessor guerreiro, o mais externo havia sido drenado e tinha agora a modesta função de horta; o outro permanecia intacto, rodeando toda a mansão, e media cerca de 13 metros de largura, embora tivesse agora poucos palmos de profundidade. Era alimentado por um pequeno riacho, que escorria mais adiante, de modo que o espelho de água, embora turvo, nunca era represado nem era insalubre. As janelas do andar térreo estavam a dois palmos acima da superfície da água.

O único acesso à casa se dava por uma ponte levadiça, cujas correntes e roldanas estavam, havia muito tempo, enferrujadas e quebradas. Os últimos inquilinos da mansão tinham, porém, consertado tudo com grande empenho, e a ponte levadiça não só voltou a funcionar, mas também era realmente erguida todas as noites e baixada todas as manhãs. Com essa renovação do costume dos velhos tempos feudais, a mansão se convertia numa ilha durante a noite... fato que tinha uma influência realmente direta sobre o mistério que logo haveria de chamar a atenção de toda a Inglaterra.

A casa tinha ficado desabitada durante alguns anos e ameaçava desfazer-se em pitorescas ruínas quando os Douglas tomaram posse dela. Essa família consistia somente de duas pessoas: John Douglas e sua mulher. Douglas era um homem singular, no caráter e como pessoa. Tinha em torno de 50 anos, maxilares salientes, rosto sulcado de rugas, bigode grisalho, olhos cinzentos peculiarmente penetrantes e um corpo rijo e vigoroso, que nada havia perdido da força e da atividade da juventude. Era alegre e cordial com todos, mas um tanto sem cerimônia em suas maneiras, dando a impressão de que tinha passado a vida frequentando estratos sociais bastante inferiores aos da sociedade do condado de Sussex.

Mesmo assim, embora visto com certa curiosidade e reserva por seus vizinhos mais instruídos, logo granjeou grande popularidade entre os moradores do vilarejo, contribuindo generosamente para todos os empreendimentos locais e comparecendo aos concertos em salas enfumaçadas e a outras funções, nas quais, possuindo uma voz de tenor de magnífico timbre, estava sempre pronto a deleitar todos com uma excelente canção. Parecia ter muito dinheiro, que, segundo se dizia, ganhara nas regiões auríferas da Califórnia e era evidente, como ele próprio e a mulher dele contavam, que havia passado parte de sua vida na América.

A boa impressão produzida por sua generosidade e pelas atitudes democráticas era acrescida de uma reputação conquistada pela completa indiferença ao perigo. Embora fosse um péssimo cavaleiro, comparecia a todos os encontros hípicos e sofria as mais incríveis quedas em sua determinação de igualar-se aos melhores. Quando a casa paroquial se incendiou, ele se distinguiu também pelo destemor com que entrou na construção para salvar objetos preciosos, depois que o corpo de bombeiros local tinha desistido de fazê-lo, porquanto era impossível. E foi assim que John Douglas, em cinco anos, ganhou ótima reputação em Birlstone.

A mulher dele também era popular entre aqueles com quem tinha feito amizade; embora, segundo o costume inglês, fossem poucas e espaçadas as visitas a estranhos que se estabeleciam no condado, sem apresentação. Isso pouco importava a ela, pois seu retiro era voluntário e parecia estar inteiramente absorvida pelas atenções que dedicava ao marido e à casa. Sabia-se que era uma senhora inglesa e que havia conhecido o senhor Douglas, como viúvo, em Londres. Era uma mulher bonita, alta, morena e esbelta, com cerca de 20 anos a menos que o marido, disparidade que não parecia, de forma alguma, perturbar a paz da vida conjugal.

Aqueles, porém, que conheciam mais de perto o casal, haviam observado que a confiança entre os dois não parecia total, uma vez que a mulher era muito reticente quanto à vida pregressa do marido ou, como parecia mais provável, as informações que tinha a respeito fossem demasiadamente superficiais. Algumas pessoas mais observadoras haviam notado também e comentado que, algumas vezes, a senhora Douglas aparentava estar nervosa e que demonstrava profunda ansiedade sempre que o marido saía e demorava mais que o previsto para retornar. Numa região interiorana tranquila, onde todo mexerico é bem-vindo, essa fraqueza da senhora da mansão não podia passar despercebida e se avolumou na boca do povo quando ocorreram os acontecimentos que acabaram lhe conferindo especial significado.

Havia ainda outra pessoa cuja residência sob aquele teto era, na verdade, apenas intermitente, mas cuja presença, por ocasião das estranhas ocorrências que agora vão ser narradas, pôs seu nome em clara evidência perante o público. Tratava-se de Cecil James Barker, de Hales Hodge, Hampstead.

A figura alta e desenvolta de Cecil Barker era familiar na rua principal do vilarejo de Birlstone, pois era uma visita frequente e bem-vinda na mansão. Era mais observado por ser o único amigo da vida passada e desconhecida do senhor Douglas e por ser visto seguidamente com o recém-chegado. Barker era, sem dúvida, inglês; mas, por suas observações, transparecia claramente que havia conhecido Douglas na América e por lá tinham vivido como amigos íntimos. Parecia ser homem de considerável fortuna e era tido como solteiro.

Era um pouco mais jovem que Douglas – teria 45 anos, no máximo –, era um sujeito alto, de costas largas, rosto bem barbeado e de pugilista profissional, sobrancelhas espessas, salientes e pretas e um par de olhos negros e dominadores que poderiam, mesmo sem o auxílio de suas mãos fortes, abrir caminho através de uma multidão hostil. Não cavalgava nem caçava, mas passava os dias vagando pelas redondezas do antigo vilarejo com o cachimbo na boca ou passeando de carruagem pela bela região em companhia do amigo ou com a senhora Douglas, quando aquele estava ausente. "Um cavalheiro despreocupado e generoso", dizia Ames, o mordomo. "Mas, palavra de honra! Não gostaria de ser o homem a atravessar o caminho dele." Era cordial e íntimo com Douglas e não menos amigável com a mulher deste. Uma amizade que, mais de uma vez, parecia causar certa irritação ao marido, a ponto de os próprios criados conseguirem perceber seu aborrecimento. Essa era a terceira pessoa, que fazia como que parte da família, quando ocorreu a catástrofe.

Quanto aos outros habitantes da velha casa, é suficiente mencionar, entre o grande número de criados, o desenvolto, respeitável e capaz Ames e também a senhora Allen, pessoa cheia de saúde e alegre, que ajudava a dona da casa em alguns afazeres domésticos. Os outros seis criados da casa não têm qualquer relação com os acontecimentos da noite de 6 de janeiro.

Eram 11h45 da noite quando as primeiras notícias alarmantes chegaram ao pequeno posto policial local, a cargo do sargento Wilson, da força policial de Sussex. Cecil Barker, muito agitado, viera correndo até a porta do posto e tocara furiosamente a campainha. Uma terrível tragédia havia ocorrido na mansão, e o senhor John Douglas tinha sido assassinado. Esse era o teor da mensagem, transmitida de maneira ofegante. Tinha voltado rapidamente até a casa, seguido em poucos minutos pelo sargento da polícia, que chegou à cena do crime logo após a meia-noite, depois de ter tomado providências imediatas para avisar as autoridades do condado que algo de grave havia ocorrido.

Ao chegar à mansão, o sargento encontrou a ponte levadiça baixada, as janelas iluminadas e toda a criadagem num estado de terrível confusão e alarme. Os criados pálidos se acotovelavam no saguão, enquanto o assustado mordomo retorcia as mãos na soleira da porta. Somente Cecil Barker parecia senhor de si e dominar a emoção; abrira a porta mais próxima da entrada e havia acenado ao sargento para que o acompanhasse. Nesse momento, chegou o Dr. Wood, diligente e capaz médico da vila. Os três homens entraram juntos na sala fatal; o mordomo, atacado de horror, os seguiu de perto e fechou a porta atrás de si para ocultar a terrível cena das criadas.

O morto jazia de costas, de braços e pernas abertas, no meio do aposento. Estava vestido unicamente com um roupão rosa, que cobria o pijama. Calçava chinelos de feltro. O médico se ajoelhou ao lado e tomou a lanterna que estava em cima da mesa. Uma rápida olhada na vítima foi suficiente para mostrar que a presença do médico podia ser dispensada. O homem tinha sido atingido de maneira horrível. Colocada sobre o peito dele, via-se uma arma curiosa; uma espingarda de dois canos serrados a um palmo dos gatilhos. Era evidente que fora descarregada à queima-roupa e que ele tinha recebido toda a carga no rosto, arrebentando-lhe a cabeça quase aos pedaços. Os gatilhos tinham sido amarrados com arame, para que a descarga simultânea fosse mais destruidora.

O policial local estava nervoso e perturbado com a tremenda responsabilidade que caíra tão repentinamente sobre ele.

– Não vamos tocar em nada antes da chegada de meus superiores – disse ele, em voz sufocada, olhando com horror para aquela cabeça em terrível estado.

– Nada foi tocado até agora – retrucou Cecil Barker. – Respondo por isso. O que vê está exatamente como o encontrei.

– Quando foi isso? – perguntou o sargento, que tinha tirado do bolso o bloco de notas.

– Exatamente às 11 e meia da noite. Ainda não tinha começado a me despir e estava sentado junto à lareira em meu quarto quando ouvi o tiro. Não foi muito forte... parecia ter sido abafado. Desci correndo. Não creio que se tenham passado 30 segundos antes de eu chegar ao aposento.

– A porta estava aberta?

– Sim, estava aberta. O pobre Douglas jazia na posição em que o vê. A vela ardia, em cima da mesa. Fui eu que acendi o lampião alguns minutos depois.

– Não viu ninguém?

– Não. Ouvi os passos da senhora Douglas, descendo a escada atrás de mim, e saí correndo da sala para impedi-la de ver esta cena pavorosa. A senhora Allen, a governanta, veio e a levou embora. Ames tinha chegado e voltamos imediatamente para dentro da sala.

– Mas, com toda a certeza, ouvi dizer que a ponte levadiça se mantém levantada toda a noite.

– Sim, esteve levantada até que eu mesmo a baixei.

– Então, como poderia qualquer assassino fugir? É fora de questão! O senhor Douglas deve ter se suicidado.

– Essa foi nossa primeira ideia. Mas veja! – Barker afastou a cortina e mostrou que a larga janela de vidraças em losango estava totalmente aberta. – E olhe para isso! – Ele abaixou o lampião e iluminou uma mancha de sangue em forma de sola de sapato sobre o peitoril de madeira. – Alguém parou ali ao sair.

– Quer dizer que alguém atravessou o fosso?

– Exatamente.

– Então, se o senhor chegou à sala cerca de meio minuto depois do crime, ele deveria estar atravessando o fosso naquele preciso momento.

– Não duvido. Lamento profundamente não ter corrido logo à janela! Mas a cortina a cobria, como pode ver, e por isso não me ocorreu fazê-lo. Ouvi então os passos da senhora Douglas e não podia deixá-la entrar na sala. Teria sido horrível.

– Horrível demais! – disse o médico, olhando para a cabeça esfacelada e para as terríveis marcas que a circundavam. – Nunca tinha visto ferimentos semelhantes desde o desastre ferroviário de Birlstone.

– Mas, um momento, por favor – observou o sargento, cujo lento e bucólico bom senso estava ainda fazendo ponderações sobre a janela aberta. – Está perfeitamente correto dizer que o homem fugiu atravessando esse fosso, mas o que lhe pergunto é o seguinte: como é que ele conseguiu entrar na casa, se a ponte estava levantada?

– Ah! Eis a questão! – disse Barker.

– A que horas foi levantada?

– Eram quase 6 horas da tarde – respondeu Ames, o mordomo.

– Ouvi dizer – insistiu o sargento – que era levantada habitualmente ao pôr-do-sol. Deveria ser mais próximo das 4h30 do que das 6 horas, nesta época do ano.

– A senhora Douglas tinha visitas para o chá – disse Ames. – Não podia levantá-la antes de elas partirem. Depois eu próprio a ergui.

– Então o caso se resume a isso – concluiu o sargento. – Se alguém veio de fora – se realmente veio – deve ter atravessado a ponte antes das 6 horas e ficou escondido desde essa hora, até que o senhor Douglas entrou na sala, depois das 11.

– Deve ser isso! O senhor Douglas caminhava em torno da casa todas as noites; era a última coisa que fazia antes de entrar e ver se todas as luzes estavam apagadas. Foi isso que trouxe o homem para dentro. Ele estava à espera e o matou. Depois fugiu pela janela, deixando a arma para trás. É assim que interpreto o caso, pois nada mais pode encaixar os fatos.

O sargento apanhou um cartão que estava no chão, ao lado do cadáver. As iniciais V.V. e, debaixo delas, o número 341 estavam grosseiramente rabiscados a tinta.

– O que é isso? – perguntou ele, segurando-o nas mãos.

Barker olhou-o com curiosidade.

– Não tinha reparado nele antes – observou. – O assassino deve tê-lo deixado cair na fuga.

– V.V. 341. Não faz qualquer sentido!

O sargento continuou revirando-o com os enormes dedos.

– O que significa V.V.? Talvez as iniciais de alguém. O que é que tem aí, Dr. Wood?

Era um martelo de bom tamanho que se encontrava sobre o pequeno tapete, diante da lareira – um martelo grande, semelhante ao usado por um trabalhador. Cecil Barker apontou para uma caixa de pregos com cabeça de latão em cima do friso da lareira.

– O senhor Douglas estava mudando a posição dos quadros ontem – disse ele. – Eu próprio o vi sobre aquela cadeira, fixando o quadro maior. Isso explica a presença do martelo.

– É melhor recolocá-lo no tapete, onde foi encontrado – manifestou-se o sargento, coçando sua confusa cabeça, ainda perplexo. – Vão ser necessários cérebros mais argutos na força policial para desvendar esse mistério. Deverá ser tarefa de Londres concluir isso. – Levantou a lanterna e passou a andar vagarosamente ao redor da sala. – Opa! – exclamou ele, agitado, puxando a cortina da janela para um lado. – A que horas foram fechadas essas cortinas?

– Quando se acenderam as lâmpadas – respondeu o mordomo. – Deve ter sido pouco depois das 4.

– Alguém esteve aqui escondido, com certeza. – Ele abaixou a lanterna, e as marcas de botas enlameadas eram bem visíveis, no canto. – Estou propenso a dizer que isso justifica sua teoria, senhor Barker. Parece que o homem entrou na casa depois das 4 da tarde, quando as cortinas estavam fechadas e antes das 6, quando a ponte foi levantada. Ele se infiltrou nesta sala, porque foi a primeira que viu. Como não havia outro lugar onde pudesse se esconder, esgueirou-se atrás dessa cortina. Tudo isso me parece muito claro. É provável que sua principal intenção fosse roubar a casa; mas aconteceu que o senhor Douglas o apanhou de surpresa; assim ele o assassinou e fugiu.

– É desse modo que o vejo – disse Barker. – Mas não estamos aqui perdendo um tempo precioso? Não poderíamos sair e dar uma busca pelas redondezas, antes que o sujeito escape de vez?

O sargento refletiu por um momento.

– Não há trens antes das 6 da manhã; não pode, portanto, fugir pela ferrovia. Se for a pé pela estrada, com as calças encharcadas, é provável que alguém o veja. De qualquer modo, não posso me afastar daqui até que alguém venha me substituir. E nenhum dos senhores poderá sair, antes de termos uma noção mais clara da situação de todos.

O médico tinha tomado a lanterna e estava examinando mais de perto o cadáver.

– Que marca é essa? – perguntou ele. – Poderia ter alguma ligação com o crime?

O braço direito do morto estava desnudo até a altura do cotovelo. Quase na metade do antebraço, exibia um curioso desenho marrom, um triângulo dentro de um círculo, que se mostrava vivamente em relevo por sobre a pele clara.

– Não é tatuagem – disse o médico, perscrutando através dos óculos. – Nunca vi coisa igual. O homem foi marcado a fogo, há algum tempo, como se marca o gado. Qual será o significado disso?

– Confesso que não sei qual poderia ser o significado – respondeu Cecil Barker. – Mas já vi esse desenho em Douglas muitas vezes, durante os últimos dez anos.

– E eu também – acrescentou o mordomo. – Notei essa mesma marca não poucas vezes quando o patrão arregaçava as mangas. Seguidamente me perguntava o que poderia ser.

– Nesse caso, nada tem a ver com o crime – disse o sargento. – Mas, de todo jeito, é uma coisa estranha! Tudo o que se refere a esse caso é estranho. Bem, o que é agora?

O mordomo havia soltado uma exclamação de espanto e apontava para a mão espalmada do morto.

– Tiraram a aliança de casamento dele! – gaguejou ele.

– O quê?

– Sim, é verdade! O patrão sempre usava a aliança de ouro puro no dedo mínimo da mão esquerda. Esse anel, com a pepita bruta, estava sempre acima dela, e o anel em forma de serpente enroscada ficava no dedo médio. Aí estão o anel da pepita e o da serpente, mas a aliança desapareceu.

– Ele tem razão – disse Barker.

– Você me diz – interveio o sargento – que a aliança estava abaixo do outro anel?

– Sempre!

– Então o assassino, ou quem quer que fosse, tirou primeiro o anel da pepita de ouro e, depois de retirar a aliança, repôs o anel da pepita de volta.

– Isso mesmo!

O digno policial da área sacudiu a cabeça.

– Parece-me que, quanto mais cedo conseguirmos o auxílio de Londres neste caso, tanto melhor – confidenciou ele. – White Mason é um homem esperto. Nenhuma tarefa local chegou a ser demais para White Mason. Não deverá tardar em aparecer por aqui para nos ajudar. Receio, porém, que tenhamos de recorrer a Londres antes de chegarmos a uma solução. De qualquer modo, não me envergonho em dizer que é um caso muito complicado para uma pessoa como eu.

Capítulo IV
Trevas

Às 3 horas da manhã, o principal detetive de Sussex, atendendo ao urgente chamado do sargento Wilson, de Birlstone, chegou numa carruagem leve, puxada por um cavalo exausto. Havia transmitido sua mensagem à Scotland Yard pelo trem das 5h40 e estava na estação de Birlstone ao meio-dia para nos receber. White Mason era um homem de aspecto calmo e agradável, trajando um elegante casaco esportivo, de rosto corado e bem barbeado, compleição robusta, pernas fortes e arqueadas, adornadas de polainas, parecendo um pequeno agricultor, um guarda-caça aposentado ou qualquer outra coisa, menos um espécime típico da polícia criminal provinciana.

– Um verdadeiro e rematado quebra-cabeças, senhor MacDonald – repetia continuamente. – Vamos ter os jornalistas por aqui como moscas quando tiverem conhecimento disso. Espero que possamos terminar nosso trabalho antes que venham pôr o nariz deles e estragar todas as pistas. Nunca houve nada igual, que eu me lembre. Há alguma coisa que vai lhe cair nas mãos, senhor Holmes, se não me engano. E também ao senhor, Dr. Watson, pois os médicos terão de dizer alguma coisa antes de terminarmos. Seu local de pouso está reservado no Westville Arms. Não há outro lugar, mas ouvi dizer que é limpo e bom. Este homem vai levar suas bagagens. Por aqui, senhores, por favor.

Esse detetive de Sussex era expedito e jovial. Em dez minutos, todos nós tínhamos arranjado alojamentos. Em outros dez, estávamos sentados no saguão da estalagem, ouvindo uma rápida exposição daqueles acontecimentos que já foram relatados no capítulo anterior. MacDonald tomava algumas notas ocasionais, enquanto Holmes permanecia absorto, com a expressão de surpresa e reverente admiração com que o botânico observa uma rara e preciosa flor.

– Notável! – exclamou ele, depois que a história foi revelada. – Verdadeiramente notável! Dificilmente consigo me lembrar de outro caso de aspecto mais singular.

– Achei que o senhor iria dizer isso, senhor Holmes – comentou White Mason com grande satisfação. – Aqui em Sussex, estamos sempre bem atualizados. Agora lhe contei como estava a situação até o momento em que o caso me foi passado pelo sargento Wilson, entre 3 e 4 horas da manhã. Palavra de honra! Fiz minha velha égua galopar! Mas não tinha necessidade de me apressar tanto, como constatei, pois não havia nada urgente que eu pudesse fazer. O sargento Wilson já dispunha de todos os dados. Eu os verifiquei e estudei, e talvez tenha adicionado alguns de minha lavra.

– Quais eram? – perguntou Holmes, ansiosamente.

– Bem, examinei primeiramente o martelo. Havia o Dr. Wood para me ajudar. Não encontramos nele sinais de violência. Tinha a esperança de que, caso o senhor Douglas se tivesse defendido com o martelo, pudesse ter deixado marcas no criminoso antes de deixá-lo cair no tapete. Mas não havia qualquer mancha.

– Isso, de fato, não prova absolutamente nada – observou o inspetor MacDonald. – Tem havido muitos assassinatos a martelo e nenhum vestígio restou na ferramenta.

– Exatamente. Isso não prova que não foi usado. Mas poderia haver manchas, e isso nos teria ajudado. Na realidade, não havia nenhuma. Depois examinei a arma. Os cartuchos eram de chumbo grosso e, como o sargento Wilson assinalou, os gatilhos estavam amarrados com arame, de modo que, se puxasse um, os dois canos eram disparados ao mesmo tempo. Quem fez esse arranjo estava resolvido a evitar qualquer possibilidade de errar o alvo. A arma, com os canos serrados, não tinha mais de dois palmos de comprimento. Qualquer um poderia levá-la facilmente por baixo do casaco. Não trazia o nome completo do fabricante; mas as letras P-E-N estavam gravadas na junção dos dois canos, e o resto do nome havia sido cortado pela serra.

– Um P grande, com um floreado em cima; E e N menores? – perguntou Holmes.

– Exatamente.

– "Pennsylvania Small Arms Company", fábrica americana muito conhecida – disse Holmes.

White Mason fitou meu amigo como o modesto médico do interior olha para o especialista da Harley Street, que, com uma palavra, pode resolver as dificuldades que o deixam perplexo.

– Essa informação é preciosa, senhor Holmes. Sem dúvida, tem razão. Maravilhoso! Fantástico! O senhor sabe de cor os nomes de todos os fabricantes de armas do mundo?

Holmes desviou o assunto com um aceno de mão.

– Não há dúvida de que é uma espingarda americana – continuou White Mason. – Creio ter lido que a espingarda serrada é uma arma usada em certas regiões da América. À parte o nome gravado no cano, a ideia já me havia ocorrido. Há alguma evidência, portanto, de que esse homem que entrou na casa e matou o dono é um americano.

MacDonald sacudiu a cabeça.

– Meu caro, você está indo longe demais – observou ele. – Ainda não estou a par de nenhuma evidência de que qualquer forasteiro tenha entrado alguma vez na casa.

– A janela aberta, a mancha de sangue no peitoril, o estranho cartão, as marcas de botas no canto, a arma!

– Nada que não pudesse ter sido arranjado. O senhor Douglas era americano ou tinha morado por longo tempo na América. Assim também o senhor Barker. Não há necessidade de importar um americano para acertar contas com os feitos de um americano.

– Ames, o mordomo...

– O que há com ele? É confiável?

– Dez anos a serviço de Sir Charles Chandos... tão sólido como uma rocha. Trabalha com Douglas desde que este veio residir na mansão, há cinco anos. Ele nunca viu uma arma desse tipo na casa.

– A arma foi feita para ser escondida. Por isso os canos foram serrados. Caberia em qualquer caixa. Como poderia jurar que não havia tal arma em casa?

– Bem, de qualquer modo, ele nunca viu uma sequer.

MacDonald sacudiu sua cabeça de escocês obstinado.

– Ainda não estou convencido de que alguém tenha, alguma vez, penetrado na casa – disse ele. – Estou lhe pedindo que considere (seu sotaque traía cada vez mais sua origem de Aberdeen à medida que se perdia na argumentação), peço-lhe que reflita sobre qual a consequência, se supõe que essa arma foi trazida para dentro da casa e que todas essas coisas estranhas foram praticadas por uma pessoa de fora. Oh! Meu caro, isso é inconcebível! É simples questão de bom senso! Coloco-o à sua apreciação, senhor Holmes, para julgar a partir do que ouvimos.

– Bem, exponha o caso segundo seu parecer, senhor Mac – disse Holmes, em seu estilo extremamente imparcial.

– O homem, supondo que ele realmente exista, não é um assaltante. O caso do anel e do cartão aponta para um crime premeditado por alguma razão particular. Muito bem. Temos um sujeito que se esgueira para dentro de uma casa com a deliberada intenção de cometer um assassinato. Sabe, se realmente sabe de alguma coisa, que terá dificuldades em arranjar um modo de escapar, visto que a casa está cercada de água. Que arma haveria de escolher? Diriam que a mais silenciosa do mundo. Dessa maneira, poderia ter esperança, uma vez terminado o serviço, de escapulir-se rapidamente pela janela, atravessar o fosso e evadir-se tranquilamente. Isso é compreensível. Mas é compreensível que pudesse executar seu plano, trazendo consigo a arma mais ruidosa que pudesse escolher, sabendo muito bem que o disparo atrairia todos os moradores da casa para o local, tão rapidamente quanto pudessem correr, com todas as probabilidades de ser visto antes que conseguisse atravessar o fosso? Pode-se acreditar nisso, senhor Holmes?

– Bem, o senhor expôs o caso solidamente – replicou meu amigo, pensativo. – Certamente, precisa de uma boa dose de justificação. Posso lhe perguntar, senhor White Mason, se examinou a outra margem do fosso imediatamente, para verificar se havia sinais de que o homem tinha subido por ela ao sair da água?

– Não havia sinal algum, senhor Holmes, ainda mais porque a borda é de pedra e dificilmente se poderia esperar ver alguma coisa.

– Nenhum rastro ou vestígio?

– Nenhum.

– Hum! Haveria alguma objeção, senhor White Mason, a que fôssemos imediatamente para a mansão? É possível que haja por lá algum pequeno detalhe que poderia ser sugestivo.

– Era o que ia propor, senhor Holmes; mas achei melhor colocá-lo a par de todos os acontecimentos antes de partir. Suponho que, se alguma coisa pudesse impressioná-lo...

White Mason olhou para o detetive amador de modo indeciso.

– Já trabalhei com o senhor Holmes antes – interveio o inspetor MacDonald. – Ele segue as regras do jogo.

– De qualquer maneira, minha própria ideia do jogo – disse Holmes, com um sorriso. – Entro num caso para ajudar a Justiça e o trabalho da polícia. Se alguma vez me separei da força policial, foi porque ela se separou de mim por primeiro. Não tenho o menor desejo de me destacar à custa dela. Ao mesmo tempo, senhor White Mason, reivindico o direito de trabalhar a meu modo e de revelar meus resultados quando bem entender – completos e não em partes.

– Fique certo de que nos sentimos honrados com sua presença e de que lhe passaremos tudo o que soubermos – replicou White Mason, cordialmente. – Venha, Dr. Watson, e quando a ocasião se apresentar, todos esperamos uma menção em seu livro.

Descemos pela bela rua do vilarejo, ladeada de fileiras de olmos podados. Logo adiante havia dois pilares de pedra, marcados pelo tempo e cobertos de musgo, em cujo topo se via uma figura disforme que outrora fora o leão rampante de Capus de Birlstone. Depois de uma curta caminhada ao longo da sinuosa vereda relvada e ladeada de carvalhos, como só se vê no interior da Inglaterra, e depois de súbita curva, tínhamos diante de nós a extensa e baixa casa jacobita de tijolos avermelhados e escurecidos, com um jardim à moda antiga de teixos aparados de cada lado. À medida que nos aproximávamos da casa, passamos a divisar a ponte levadiça de madeira e o belo e amplo fosso, tão calmo e luminoso como mercúrio brilhando no frio sol de inverno.

Três séculos haviam se escoado lentamente sobre a mansão, séculos de nascimentos e de regressos ao lar, de danças campestres e de reuniões de caçadores de raposa. Parecia estranho que agora, em sua velhice, esse tenebroso caso pudesse lançar suas sombras sobre as veneráveis paredes! Mesmo assim, esses estranhos tetos em ponta e esses singulares frontões suspensos eram uma cobertura adequada para horrendos e terríveis desígnios. Enquanto eu olhava para as profundas reentrâncias que envolviam as janelas e para a grande extensão da fachada quase sem cor e lambida pela água, reconheci que não poderia ser montado outro cenário mais adequado para essa tragédia.

– Aquela lá é a janela – indicou White Mason. – Aquela logo à direita da ponte levadiça. Está aberta, tal como foi encontrada ontem à noite.

– Parece um tanto estreita para que um homem possa passar.

– Bem, de qualquer modo, não deveria ser um homem gordo. Não precisamos de suas deduções, senhor Holmes, para dizer isso. Mas tanto eu como o senhor poderíamos, contorcendo-nos, passar muito bem por ela.

Holmes caminhou para a margem do fosso e ficou olhando. Depois examinou a borda de pedra e a faixa de relva ao lado.

– Já dei uma boa olhada, senhor Holmes – observou White Mason. – Não há nada ali, nenhum sinal de que alguém o tenha transposto... mas por que deveria deixar algum sinal?

– Exatamente. Por que deveria? A água está sempre turva?

– Geralmente é mais ou menos dessa cor. O riacho traz consigo o barro.

– Qual é a profundidade dele?

– Aproximadamente dois palmos em cada lado e três, no meio.

– Assim, podemos pôr de lado toda ideia de que o homem tenha se afogado ao atravessá-lo.

– Sem dúvida; nem uma criança se haveria de afogar nele.

Atravessamos a ponte levadiça e fomos recebidos por um indivíduo estranho, enrugado e mirrado, o mordomo Ames. O pobre velho estava branco e tremendo pelo choque. O sargento do vilarejo, homem alto, formal e melancólico, ainda montava guarda na sala fatídica. O médico já havia partido.

– Algo de novo, sargento Wilson? – perguntou White Mason.

– Não, senhor.

– Então pode ir para casa. Já fez bastante. Se precisarmos, mandaremos chamá-lo. É melhor que o mordomo espere lá fora. Diga-lhe que avise o senhor Cecil Barker, a senhora Douglas e a governanta de que talvez precisemos ter uma conversa com eles dentro em pouco. Agora, cavalheiros, permitam-me que lhes transmita minha opinião primeiramente a respeito do caso e então cada um poderá estar em condições de formar a própria.

Esse especialista provinciano me impressionou. Tinha um perfeito controle dos fatos e um raciocínio frio e claro, que denotava bom senso e que poderia lhe abrir caminho em sua profissão. Holmes o escutava atentamente, sem qualquer sinal daquela impaciência que, com demasiada frequência, lhe causavam os oficiais da polícia.

– É suicídio ou assassinato? Essa é a primeira pergunta, cavalheiros, não é? Se for suicídio, então temos de admitir que esse homem começou por tirar a aliança e escondê-la; que depois ele veio para cá de roupão, pisou com lama nas botas atrás da cortina, para dar a impressão de que alguém tinha estado à espera dele, abriu a janela, pôs sangue no...

– Certamente, podemos abandonar essa ideia – interrompeu MacDonald.

– É o que penso. O suicídio está fora de questão. Então, um assassinato foi cometido. O que temos de determinar é se foi cometido por alguém de fora ou de dentro de casa.

– Bem, exponha a argumentação.

– Há consideráveis dificuldades em ambos os modos e, mesmo assim, tanto um como outro podem ter ocorrido. Vamos supor, primeiramente, que certa pessoa, ou pessoas, de dentro da casa cometeu o crime. Essa pessoa trouxe o homem para cá num momento em que tudo estava calmo e ninguém ainda estava dormindo. Então praticou o ato com a mais esquisita e mais barulhenta arma do mundo, de modo que todos soubessem o que tinha acontecido – uma arma que nunca tinha sido vista na casa. Isso não parece um começo muito plausível, não é?

– Não, não é.

– Bem, então todos concordam que, depois de ser dado o alarme, apenas um minuto, no máximo, havia passado antes que todos os moradores da casa – não somente o senhor Cecil Barker, mas também Ames e todos os outros – estivessem no local. Os senhores haveriam de me dizer que, nesse breve espaço de tempo, o assassino conseguiu marcar as pegadas no canto, abrir a janela, manchar o peitoril de sangue, tirar a aliança do dedo do morto e todo o resto? É impossível!

– O senhor expôs tudo muito claramente – concluiu Holmes. – Sinto-me inclinado a concordar com o senhor.

– Bem, nesse caso, voltamos à teoria de que foi perpetrado por alguém vindo de fora. Estamos ainda diante de grandes dificuldades; mas, de qualquer modo, deixam de ser impossibilidades. O homem penetrou na casa entre 4h30 e 6h00 horas, isto é, entre o crepúsculo e o momento em que a ponte foi levantada. Estavam presentes algumas visitas e a porta estava aberta; assim, não havia nada que o impedisse de entrar. Poderia ter sido um ladrão comum ou talvez alguém que tinha contas a acertar com o senhor Douglas. Visto que o senhor Douglas passou a maior parte da vida na América e, uma vez que essa arma é de fabricação americana, pareceria que um acerto de contas é a teoria mais provável. O homem entrou nessa sala, porque foi a primeira que encontrou, e se escondeu atrás da cortina. Permaneceu ali até depois das 11 horas da noite. Nesse momento, o senhor Douglas entrou na sala. Seguiu-se uma breve conversa, se é que houve conversa, pois a senhora Douglas declara que o marido a tinha deixado, fazia poucos minutos, quando ouviu o disparo.

– A vela o comprova – completou Holmes.

– Exatamente. A vela, que era nova, não ardeu mais de meia polegada. Ele devia tê-la colocado sobre a mesa antes de ser atacado, caso contrário, teria caído com ele ao chão. Isso prova que não foi atacado no momento em que entrou na sala. Quando o senhor Barker chegou, a vela estava acesa e o lampião, apagado.

– Tudo isso é bastante claro.

– Bem, agora podemos reconstituir os fatos nessa linha. O senhor Douglas entra na sala. Coloca a vela em cima da mesa. Um homem surge de trás da cortina. Empunha a arma. Pede a aliança... Não se sabe por que, mas deve ter sido assim. O senhor Douglas a entrega. Depois, a sangue frio ou no decorrer de uma luta – Douglas pode ter agarrado o martelo encontrado no tapete – atira em Douglas dessa maneira horrorosa. Deixa cair a arma e também esse estranho cartão, V.V. 341 e o que quer que isso signifique, foge pela janela e atravessa o fosso no exato momento em que Cecil Barker toma conhecimento do crime. Que lhe parece, senhor Holmes?

– Muito interessante, mas não de todo convincente.

– Meu caro, seria totalmente absurdo se isso fosse ainda pior! – exclamou MacDonald. – Alguém matou o homem e, quem quer que fosse, eu poderia provar claramente que o fez de qualquer outra forma. Por que haveria de arriscar-se a ficar com a retirada ameaçada? Por que haveria de usar uma arma de fogo, quando o silêncio era a sua única probabilidade de escapar? Ora, Holmes, cabe ao senhor dar-nos um rumo, uma vez que diz que a teoria de White Mason não é convincente.

Holmes estava sentado, ouvindo atentamente essa longa discussão, sem perder uma só palavra do que era dito, dirigindo seus olhos penetrantes para a direita e para a esquerda, e com sua testa franzida em especulações.

– Gostaria de ter mais alguns dados, antes de formar uma teoria, senhor Mac – disse ele, ajoelhando-se ao lado do cadáver. – Meu Deus! Esses ferimentos são realmente espantosos. Podemos chamar o mordomo por um momento?... Ames, você já tinha visto muitas vezes essa marca incomum um triângulo gravado dentro de um círculo – no antebraço do senhor Douglas?

– Frequentemente, senhor.

– Nunca ouviu nenhuma especulação sobre o que poderia significar?

– Não, senhor.

– Deve ter causado muitas dores ao ser feita. Trata-se indiscutivelmente de uma queimadura. Agora vejo que há um pedacinho de adesivo no canto do maxilar do senhor Douglas. Reparou nisso quando ele estava vivo?

– Sim, senhor; ele se cortou ao fazer a barba, ontem de manhã.

– Você já havia notado que ele se cortava ao fazer a barba?

– Há muito tempo que não ocorria, senhor.

– É sugestivo! – disse Holmes. – Pode ser, é claro, mera coincidência ou pode também apontar para certo nervosismo, que poderia indicar que tinha razões para prever algum perigo. Observou algo de incomum na conduta dele ontem, Ames?

– Achei-o um tanto irritadiço e inquieto, senhor.

– Entendo! Talvez o ataque não tivesse sido totalmente inesperado. Parece que fazemos alguns progressos, não é? Talvez quisesse fazer alguma pergunta, senhor Mac?

– Não, senhor Holmes; está em melhores mãos que nas minhas.

– Bem, então vamos passar para esse cartão: V.V. 341. É de cartolina inferior. Tem alguma desse tipo na casa?

– Acho que não.

Holmes foi até a escrivaninha e pingou um pouco de tinta de cada um dos tinteiros sobre o mata-borrão.

– Não foi escrito nesta sala – concluiu ele. – Esta é tinta preta e a outra é arroxeada. Foi utilizada uma pena grossa e estas são finas. Não, posso dizer que foi escrito em outro lugar. Tem alguma ideia do que quer dizer essa inscrição, Ames?

– Não, senhor; nenhuma.

– O que acha, senhor Mac?

– Tenho a impressão de que se trata de algum tipo de sociedade secreta; a mesma do sinal presente no antebraço.

– Essa é minha ideia também – disse White Mason.

– Bem, podemos adotá-la como hipótese e ver então até onde podemos eliminar as dificuldades. Um agente dessa sociedade consegue penetrar na casa, espera o senhor Douglas, quase lhe arranca a cabeça com um tiro e foge pelo fosso, depois de deixar um cartão ao lado do morto, cartão que, ao ser mencionado pelos jornais, avisaria os outros membros da sociedade de que a vingança havia sido consumada. Até aí tudo se encaixa. Mas, por que essa arma, dentre todas que existem?

– Exatamente.

– E qual o motivo do desaparecimento da aliança?

– É mesmo.

– E por que nenhuma prisão? Já passa das 2 horas. Estou certo de que, desde o amanhecer, todos os policiais num raio de 40 milhas estão à procura de um sujeito estranho de calças encharcadas.

– É isso mesmo, senhor Holmes.

– Pois bem, a menos que ele tivesse um esconderijo por perto ou uma muda de roupa pronta, eles dificilmente o teriam perdido. Mas até agora não deram com ele! – Holmes tinha ido até a janela e examinava com uma lente a mancha de sangue no peitoril. – Trata-se claramente da marca de uma sola de sapato. É notavelmente grande; de um pé chato e torto, poderia-se dizer. Curioso, porque, até onde se pode verificar as pegadas nesse canto sujo de lama, pode-se afirmar que é uma sola bem configurada. Mas certamente são pegadas bem indistintas. O que é isso, debaixo dessa mesa?

– Os halteres do senhor Douglas – respondeu Ames.

– Halteres... há um só. Onde está o outro?

– Não sei, senhor Holmes. Talvez só houvesse um. Não os via havia meses.

– Um haltere apenas!... – repetiu Holmes, seriamente; mas suas observações foram interrompidas por uma súbita pancada na porta.

Um homem alto, queimado pelo sol, de fisionomia perspicaz, bem barbeado, olhava para dentro, em nossa direção. Não tive dificuldade em perceber que se tratava de Cecil Barker, de quem já ouvira falar. Seus olhos dominadores correram rapidamente de rosto em rosto com relances questionadores.

– Desculpem-me interromper a conferência – disse ele –, mas precisam ouvir a última notícia.

– Prenderam alguém?

– Não se trata de tanta sorte. Mas encontraram a bicicleta dele. O sujeito a deixou para trás. Venham vê-la. Está a pouco mais de cem passos da porta de entrada.

Encontramos três ou quatro criados e alguns curiosos ao lado da estrada, inspecionando uma bicicleta que havia sido retirada de uma moita de sempre-vivas, onde fora escondida. Era uma Rudge-Whirtworth muito usada, salpicada de lama, como se tivesse feito um longo percurso. Havia uma bolsa de ferramentas com uma chave de parafusos e um vaso de óleo, mas nenhuma pista que indicasse o dono.

– Seria de grande ajuda para a polícia – disse o inspetor –, se essas coisas fossem numeradas e registradas. Mas devemos ficar agradecidos por ter encontrado isso. Se não pudermos descobrir para onde ele foi, pelo menos, talvez, consigamos saber de onde veio. Mas qual poderia ser o verdadeiro motivo que levou esse sujeito a deixá-la para trás? E como terá conseguido fugir sem ela? Parece que não encontramos um raio de luz no caso, senhor Holmes.

– Não? – respondeu meu amigo, pensativo. – Quem sabe!

Capítulo V
Personagens do Drama

Já viram tudo o que queriam no escritório? – perguntou White Mason, ao reentrarmos na casa.
– Por ora – respondeu o inspetor; e Holmes concordou com a cabeça.

– Então, talvez queiram ouvir agora as declarações de algumas pessoas da casa. Poderíamos utilizar a sala de jantar, Ames. Por favor, venha você primeiro e conte-nos o que sabe.

O relato do mordomo foi simples e claro e ele deu uma convincente impressão de sinceridade. Havia sido contratado cinco anos antes, quando o senhor Douglas chegou pela primeira vez a Birlstone. Ficou sabendo que o senhor Douglas era um cavalheiro rico que havia feito fortuna na América. Tinha sido um patrão bondoso e compreensivo. Não exatamente do tipo a que Ames estava habituado, talvez; mas não se pode ter tudo. Nunca notou qualquer sinal de apreensão no senhor Douglas; pelo contrário, era o homem mais destemido que já havia conhecido. Mandava erguer a ponte levadiça todas as noites, porque era um antigo costume da velha casa e ele gostava de manter os hábitos de antigamente.

O senhor Douglas raramente ia a Londres ou saía do vilarejo; mas, no dia antes do crime, tinha ido fazer compras em Tunbridge Wells. Naquele dia, Ames observara alguma inquietação e certa agitação no senhor Douglas, pois parecia impaciente e irritadiço, o que não era habitual nele. Naquela noite, Ames não tinha ido para a cama ainda e estava na despensa, nos fundos da casa, guardando a prataria, quando ouviu a campainha tocar violentamente. Não ouviu nenhum tiro; dificilmente o teria ouvido, uma vez que a despensa e a cozinha ficavam bem nos fundos da casa e havia, antes delas, várias portas fechadas e um longo corredor. A governanta tinha saído do quarto, atraída pelo violento toque da campainha. Eles foram juntos para a frente da casa.

Quando haviam alcançado o pé da escada, ele viu que a senhora Douglas vinha descendo. Não, ela não estava apressada; não lhe pareceu que estivesse particularmente agitada. Logo que chegou ao final da escada, o senhor Barker vinha saindo apressado do escritório. Ele deteve a senhora Douglas e lhe implorou que voltasse.

– Pelo amor de Deus, volte para o quarto! – exclamou ele. – O pobre Jack está morto. Nada poderá fazer. Pelo amor de Deus, volte!

Depois de alguma insistência no pé da escada, a senhora Douglas voltou para o quarto. Ela não gritou. Nem caiu em gemidos. A senhora Allen, governanta, a acompanhou escada acima e ficou com ela no quarto. Ames e o senhor Barker voltaram então para o escritório, onde deixaram tudo exatamente como a polícia já havia visto. Naquela hora, a vela estava apagada, o lampião aceso. Olharam para fora da janela; mas a noite estava muito escura e nada poderia ser visto ou ouvido. Depois correram para o vestíbulo, onde Ames acionou o mecanismo para descer a ponte levadiça. Então o senhor Barker saiu apressadamente, a fim de avisar a polícia.

Esse, na essência, foi o relato do mordomo.

O da senhora Allen, a governanta, não foi mais do que uma confirmação daquele do colega. O quarto dela ficava muito mais próximo da entrada da casa do que a despensa, na qual Ames estivera trabalhando. Ela se preparava para ir para a cama quando o som da campainha atraiu sua atenção. Era um tanto surda. Talvez por isso não tivesse ouvido o tiro; mas, de qualquer modo, o escritório ficava bem distante. Ela se lembrava de ter ouvido um ruído qualquer, que imaginou que fosse a batida de uma porta. Mas isso aconteceu bem mais cedo... meia hora, pelo menos, antes do toque da campainha. Quando o senhor Ames correu para a frente da casa, ela o acompanhou. Viu o senhor Barker, muito pálido e agitado, saindo do escritório. Ele interceptou a senhora Douglas, que descia a escada. Suplicou-lhe que voltasse para o quarto e ela lhe respondeu qualquer coisa, mas não conseguiu ouvir o que ela disse.

– Leve-a para cima! E fique lá com ela – ordenou ele à senhora Allen.

Ela a conduziu, portanto, para o quarto e procurou acalmá-la. A senhora Douglas estava extremamente agitada, tremendo da cabeça aos pés, mas não fez outra tentativa para tornar a descer. Sentou-se, vestida como estava de roupão, perto da lareira do quarto, com a cabeça enterrada nas mãos. A senhora Allen passou quase toda a noite com ela. Quanto aos outros criados, todos já tinham ido para a cama, e o alarme não chegou até eles a não ser pouco antes da chegada da polícia. Eles dormiam no extremo oposto da casa e possivelmente não teriam ouvido nada.

Dessa maneira, a governanta não pôde acrescentar nada na investigação, salvo lamentações e exclamações de espanto.

Cecil Barker sucedeu à senhora Allen, como testemunha.

Quanto aos acontecimentos da noite anterior, pouco tinha a acrescentar ao que já havia relatado à polícia. Pessoalmente, estava convencido de que o assassino tinha fugido pela janela. Nesse ponto, a mancha de sangue, segundo ele, era conclusiva. Além disso, como a ponte estava levantada, não havia outro meio possível de fuga. Não sabia explicar o que fora feito do assassino ou por que motivo não tinha utilizado a bicicleta, se realmente era dele. Provavelmente não poderia ter se afogado no fosso, cuja profundidade não chegava, em lugar algum, a 1 metro.

Em sua mente, ele tinha uma teoria bem definida a respeito do crime. Douglas era um homem reticente, e havia alguns capítulos da vida dele sobre os quais nunca falava. Tinha emigrado para a América quando era muito jovem. Prosperara razoavelmente bem por lá e Barker o encontrou pela primeira vez na Califórnia, onde se tornaram sócios na exploração de uma mina bastante rendosa, num lugar chamado Benito Canyon. Foram bem-sucedidos; mas Douglas, repentinamente, vendeu a sua parte e partiu para a Inglaterra. Nessa época, ele era viúvo. Mais tarde, Barker se desfez de seus negócios e veio morar em Londres. Desse modo, tinham renovado a antiga amizade.

Douglas lhe havia dado a impressão de que corria algum perigo iminente, e Barker sempre julgara que a repentina partida da Califórnia e também o fato de ter alugado uma casa num lugar tão isolado da Inglaterra estavam ligados a esse perigo. Imaginava que alguma sociedade secreta, alguma organização implacável, estivesse no rasto de Douglas e que não haveria de descansar até que o matasse. Algumas observações do amigo haviam-lhe fomentado essa ideia, embora nunca lhe tivesse dito de que sociedade se tratava e nem de que modo havia chegado a ofendê-la. Só podia supor que a legenda do cartão fosse alguma referência a essa sociedade secreta.

– Quanto tempo esteve com Douglas na Califórnia? – perguntou o inspetor MacDonald.

– Cinco anos no total.

– Ele era solteiro, não era?

– Era viúvo.

– Soube, por acaso, de onde era a primeira esposa dele?

– Não. Lembro-me de tê-lo ouvido dizer que era de origem alemã e cheguei a ver o retrato dela. Era uma mulher muito bonita. Morreu de tifo um ano antes de eu conhecê-lo.

– Não associa o passado dele a determinada região da América?

– Ouvi-o falar de Chicago. Ele conhecia muito bem essa cidade e havia trabalhado por lá. Ouvi-o falar também das áreas de carvão e de ferro. Tinha viajado muito por essa época.

– Era político? Essa sociedade secreta tem a ver com política?

– Não, ele não se interessava por política.

– Não tem nenhum motivo para supor que ele fosse um criminoso?

– Pelo contrário, nunca conheci pessoa mais correta em minha vida!

– Havia algo de singular com relação à vida dele na Califórnia?

– Ele preferia ficar e trabalhar em nossa área de exploração nas montanhas. Nunca ia onde houvesse outros homens, se pudesse evitá-lo. Foi por isso que logo pensei que alguém estivesse em seu encalço. Depois, quando ele partiu tão subitamente para a Europa, tive certeza de que devia ser assim. Acredito que recebeu algum aviso. Uma semana após a partida, meia dúzia de homens apareceram à procura dele.

– Que espécie de homens?

– Bem, tipos de aparência realmente desagradável. Chegaram à mina e queriam saber onde ele estava. Disse-lhes que tinha partido para a Europa e que não sabia onde se encontrava. Não queriam o bem dele... era fácil perceber isso.

– Esses homens eram americanos? Californianos?

– Bem, não sei se eram californianos. Eram americanos, com certeza. Mas não eram mineiros. Não faço ideia do que eram e preferia vê-los pelas costas.

– Isso foi há seis anos?

– Quase sete.

– Então vocês ficaram juntos cinco anos na Califórnia, uma vez que esse fato data de onze anos atrás, pelo menos?

– Isso mesmo.

– Deve ter sido uma rixa muito séria para durar com tanta intensidade e por tanto tempo. Não poderia ter sido coisa insignificante para provocar isso.

– Acho que isso o atormentou a vida inteira. Praticamente nunca saía da cabeça dele.

– Mas se um homem soubesse que corria perigo iminente e soubesse qual era, não acha que iria procurar a polícia para se proteger?

– Talvez fosse algum perigo de que não houvesse meio de protegê-lo. Há uma coisa que os senhores precisam saber. Douglas andava sempre armado. Tinha um revólver constantemente em seu bolso. Mas, por azar, ontem à noite estava de roupão e tinha saído do quarto. Uma vez que a ponte estava levantada, acredito que ele se julgava seguro.

– Gostaria de ter esses detalhes especificados com mais clareza – disse MacDonald. – Faz quase seis anos que Douglas deixou a Califórnia. O senhor o seguiu um ano depois, não é?

– Perfeitamente.

– E ele estava casado havia cinco anos. O senhor deve ter voltado em torno do período do casamento dele.

– Aproximadamente um mês antes. Fui padrinho de casamento.

– Conhecia a senhora Douglas, antes do casamento?

– Não. Estive fora da Inglaterra durante dez anos.

– Mas a viu muitas vezes depois disso.

Barker olhou severamente para o detetive.

– Depois disso, vi muitas vezes *ele* – respondeu. – Se a via, é porque não se pode visitar um homem casado sem ver a mulher dele. Se está imaginando que há alguma relação...

– Não estou imaginando nada, senhor Barker. Sou obrigado a fazer todas as perguntas que podem se relacionar com o caso. Mas não tenho intenção de ofendê-lo.

– Certas perguntas são deveras ofensivas – respondeu Barker, zangado.

– São apenas os fatos que queremos. É de seu interesse e de todos que sejam esclarecidos. O senhor Douglas aprovava inteiramente sua amizade com a mulher dele?

Barker ficou pálido e suas grandes e fortes mãos se comprimiam convulsivamente uma contra a outra.

– O senhor não tem o direito de fazer tais perguntas! – exclamou ele. – O que tem isso a ver com o assunto que está investigando?

– Devo repetir a pergunta.

– Bem, eu me recuso a responder.

– Pode recusar-se a responder; mas deve compreender que sua recusa é por si mesma uma resposta, pois não haveria de se eximir se não tivesse algo a esconder.

Barker permaneceu por um momento com o rosto inflexível, e as espessas sobrancelhas negras se contraíram, denotando intensa concentração. Levantou então os olhos com um sorriso.

– Bem, acredito que, afinal de contas, os senhores estão simplesmente cumprindo seu dever e eu não tenho o direito de lhes criar problemas. Peço-lhes somente para não aborrecerem a senhora Douglas com esse assunto, pois ela está muito abatida. Posso lhes dizer que o pobre Douglas tinha um único defeito na vida, o ciúme. Ele gostava muito de mim... ninguém poderia gostar mais de um amigo. E era devotado à mulher. Apreciava minhas visitas e mandava me chamar seguidamente. Mesmo assim, se eu e a mulher dele conversássemos a sós ou se alguma simpatia transparecesse entre nós, uma espécie de onda de ciúmes o invadia instantaneamente, fazendo-o perder a cabeça e proferir as piores coisas que se possa imaginar. Por esse motivo, mais de uma vez jurei não voltar a procurá-lo; e então ele se arrependia e passava a me escrever cartas implorando para que eu voltasse. Mas podem confiar em mim, cavalheiros, mesmo que fossem essas as minhas últimas palavras, afirmo que nenhum homem jamais teve mulher mais amorosa e fiel. E posso lhes afiançar, também, nenhum amigo poderia ser mais leal do que eu!

Falou com ardor e sentimento e, ainda assim, o inspetor MacDonald não abandonou o assunto.

– O senhor sabe que a aliança do morto foi tirada do dedo dele? – perguntou ele.

– Assim parece – respondeu Barker.

– O que quer dizer com "parece"? Sabe que é um fato.

O homem parecia confuso e indeciso.

– Quando eu disse "parece", pretendia sugerir que era provável que ele próprio tivesse tirado a aliança.

– O simples fato de faltar a aliança, seja quem for que a tenha tirado, haveria de sugerir, para qualquer um, que subsistia uma ligação entre o casamento e a tragédia, não lhe parece?

Barker encolheu seus largos ombros.

– Não posso dizer o que isso significa – respondeu ele. – Mas se pretende insinuar que isso pudesse se refletir, de qualquer modo, na honra da senhora... – Os olhos dele brilharam por um instante e então, com evidente esforço, conseguiu controlar suas emoções. – Bem, estão seguindo a pista errada; é tudo.

– Acho que não tenho mais nada a lhe perguntar, de momento – disse MacDonald, friamente.

– Há apenas um pequeno ponto – observou Sherlock Holmes. – Quando o senhor entrou na sala havia só uma vela acesa sobre a mesa, não é?

– Sim, isso mesmo.

– E, à luz dessa vela, o senhor viu que um terrível acidente havia ocorrido?

– Exatamente.

– E tocou imediatamente a campainha, pedindo ajuda?

– Sim.

– E essa ajuda chegou rapidamente?

– Num minuto ou algo assim.

– E ainda assim, quando os outros chegaram, viram que a vela estava apagada e o lampião, aceso. Isso parece muito singular.

Uma vez mais Barker mostrou sinais de indecisão.

– Não vejo por que isso seria digno de nota, senhor Holmes – respondeu ele, depois de uma pausa. – A vela produzia uma luz demasiado fraca. Meu primeiro pensamento foi arranjar algo melhor. O lampião estava sobre a mesa e o acendi.

– E apagou a vela?

– Exatamente.

Holmes não fez mais perguntas, e Barker, com um deliberado olhar dirigido a cada um de nós, olhar que, assim me pareceu, tinha algo de desafiador, virou as costas e saiu da sala.

O inspetor MacDonald tinha mandado um bilhete à senhora Douglas, dizendo-lhe que iria ao quarto dela, mas a senhora respondeu que preferia encontrar-se conosco na sala de jantar. Ela entrou; era uma mulher alta e bonita de 30 anos, reservada, mostrando-se muito segura de si, bem diferente da figura trágica e perturbada que eu havia imaginado. É verdade que seu rosto estava pálido e abatido, como se tivesse sofrido um grande choque; mas seus modos eram tranquilos e a mão finamente moldada, que pousou na borda da mesa, estava tão firme como a minha. Seus olhos tristes e suplicantes foram percorrendo cada um de nós com uma expressão curiosamente inquisitiva. Esse olhar interrogativo se transformou subitamente numa pergunta direta.

– Já descobriram alguma coisa? – perguntou ela.

Teria sido minha imaginação que me induziu a perceber um tom mais de temor do que de esperança nessa pergunta?

– Fizemos todo o possível, senhora Douglas – respondeu o inspetor. – Pode estar certa de que nada será negligenciado.

– Não se preocupem com despesas – disse ela, num tom melancólico. – É meu desejo que se empenhem com o máximo esforço.

– Talvez a senhora possa nos dizer alguma coisa que lance luz sobre a questão.

– Receio que não; mas tudo o que sei está a seu dispor.

– Ouvimos do senhor Cecil Barker que a senhora realmente não viu... que não chegou a entrar na sala onde ocorreu a tragédia.

– Não. Ele me fez voltar quando eu estava na escada. Pediu-me para retornar a meu quarto.

– Isso mesmo. A senhora tinha ouvido o tiro e desceu imediatamente.

– Vesti o roupão e então desci.

– Quanto tempo depois de ouvir o tiro é que a senhora foi detida na escada pelo senhor Barker?

– Talvez dois minutos. É tão difícil calcular o tempo em tais circunstâncias. Ele me implorou para que não seguisse adiante e me garantiu que nada mais poderia fazer. Em seguida, a senhora Allen, a governanta, me levou para cima. Tudo parecia um terrível pesadelo.

– Pode nos dar uma ideia de quanto tempo seu marido esteve no andar debaixo, antes que a senhora ouvisse o disparo?

– Não, não posso dizer. Ele saiu do quarto de vestir e não o ouvi descer. Ele fazia a ronda da casa todas as noites, pois tinha medo de que eclodisse um incêndio. É a única coisa que eu sempre soube que o deixava temeroso.

– Esse é justamente o ponto a que desejava chegar, senhora Douglas. Só conheceu seu marido na Inglaterra, não é?

– Sim. Estávamos casados havia cinco anos.

– A senhora o ouviu falar de alguma coisa que ocorreu na América e que pudesse constituir um perigo para ele?

A senhora Douglas refletiu concentrada, antes de responder.

– Sim – disse ela, finalmente. – Sempre tive a sensação de que corria algum perigo. Ele se recusava a discutir sobre isso comigo. Não era por falta de confiança em mim. Reinava o mais profundo amor e confiança entre nós. Mas era o maior desejo dele me manter distante de qualquer inquietação. Achava que eu poderia me preocupar, se soubesse de tudo, e por isso ele se calava.

– Como ficou sabendo, então?

O rosto da senhora Douglas se iluminou com um leve sorriso.

– Acha que um marido pode esconder um segredo por toda a vida e que a mulher que o ama não desconfie? Eu o sabia por ele se recusar em falar sobre alguns episódios da vida dele na América. Eu o sabia por certas precauções que ele tomava. Eu o sabia por certas palavras que deixava escapar. Eu o sabia pelo modo como ele olhava para pessoas estranhas que não esperava encontrar. Estava totalmente certa de que ele tinha alguns inimigos poderosos, que ele acreditava que estavam em seu encalço e contra os quais sempre procurava precaver-se. Tinha tanta certeza disso que, por anos, ficava aterrorizada quando chegava em casa mais tarde do que o previsto.

– Poderia perguntar – disse Holmes – quais foram as palavras que atraíram sua atenção?

– O Vale do Medo – respondeu a senhora. – Era uma expressão que ele usava quando eu o interrogava. "Estive no Vale do Medo. Ainda não saí dele..." "Será que nunca vamos conseguir sair do Vale do Medo?", perguntei-lhe uma vez quando o vi mais preocupado que de costume. E ele me respondeu: "Às vezes penso que nunca vamos sair dele".

– A senhora, naturalmente, lhe perguntou o que queria dizer com o Vale do Medo.

– Perguntei; mas o rosto dele se fechava e ele meneava a cabeça. "É a pior coisa o fato de um de nós ter ficado à sombra dele", me disse. "Queira Deus que nunca desça sobre você!" Devia ser algum vale real em que ele tivesse vivido e no qual lhe tivesse acontecido algo terrível; disso, eu tenho certeza; mas nada mais posso lhe dizer.

– E ele nunca mencionou qualquer nome?

– Sim. Certa vez, estava com febre e delirando, em decorrência de um acidente de caça, há três anos. Lembro-me que havia um nome que lhe vinha constantemente aos lábios. Pronunciava-o com raiva e com uma espécie de horror. McGinty era o nome; grão-mestre McGinty. Quando se restabeleceu, perguntei-lhe quem era esse grão-mestre McGinty e de que sociedade era mestre. "Nunca foi da minha, graças a Deus!" me respondeu com uma risada; e foi tudo o que consegui saber dele. Mas há uma ligação entre o grão-mestre McGinty e o Vale do Medo.

– Há outro ponto – interveio o inspetor MacDonald. – A senhora conheceu o senhor Douglas numa pensão em Londres e ali ficaram noivos, não é? Houve algum romance, algo de secreto ou misterioso em seu casamento?

– Houve romance. Sempre há romance. Nada houve de misterioso.

– Ele não tinha nenhum rival?

– Não. Eu era totalmente livre.

– Sem dúvida, a senhora soube que a aliança foi tirada do dedo dele. Isso lhe sugere alguma coisa? Supondo que algum inimigo da vida pregressa dele o tivesse descoberto e cometido o crime, que motivo especial poderia ter ele para lhe tirar a aliança de casamento?

Por um instante, poderia ter jurado que a mais tênue sombra de um sorriso tremulava nos lábios da mulher.

– Realmente, não sei dizer – respondeu ela. – Certamente, é a coisa mais insólita.

– Bem, não vamos detê-la por mais tempo e sentimos muito tê-la submetido a esse incômodo numa ocasião como esta – completou o inspetor. – Sem dúvida, há outros pontos ainda a esclarecer, mas podemos referi-los à senhora à medida que surgirem.

Ela se levantou e uma vez mais tive a sensação de que aquele rápido e interrogativo olhar que nos lançou significava "que impressão lhes causaram minhas declarações?" A pergunta poderia muito bem ter sido feita de viva voz. Depois, com uma inclinação, ela saiu rapidamente da sala.

– É uma bela mulher... uma mulher realmente bonita – disse MacDonald, pensativo, depois que a porta se fechou atrás dela. – Certamente, esse Barker deve ter estado aqui muitas vezes. É um homem que pode ser muito atraente para uma mulher. Ele admite que o morto era ciumento e talvez saiba, melhor que qualquer outro, os motivos desse ciúme. E depois, há aquele caso da aliança. Isso não pode passar em branco. O homem que arranca a aliança de casamento de um morto... Que diz disso, senhor Holmes?

Meu amigo havia permanecido sentado, com a cabeça entre as mãos, mergulhado na mais profunda meditação. De repente, levantou-se e tocou a campainha.

– Ames – perguntou ele quando o mordomo entrou –, onde está o senhor Cecil Barker agora?

– Vou ver, senhor.

Voltou em instantes para dizer que Barker estava no jardim.

– Você se lembra, Ames, o que o senhor Barker calçava nos pés, ontem à noite, quando o encontrou no escritório?

– Sim, senhor Holmes. Calçava um par de chinelos. Eu próprio lhe trouxe as botas quando saiu para avisar a polícia.

– Onde estão esses chinelos agora?

– Estão ainda debaixo de uma cadeira no vestíbulo.

– Muito bem, Ames. Na realidade, é importante sabermos quais são as pegadas do senhor Barker e quais seriam as de pessoas de fora.

– Sim, senhor. Devo dizer que notei que os chinelos estavam manchados de sangue. Na verdade, como também os meus.

– O que é muito natural, considerando as condições da sala. Muito bem, Ames. Se precisarmos de você, tocaremos a campainha.

Poucos minutos depois, estávamos no escritório. Holmes havia trazido os chinelos de feltro que estavam no vestíbulo. Como Ames tinha observado, ambas as solas estavam sujas de sangue.

– Estranho! – murmurou Holmes, ao se aproximar da claridade da janela e examinar minuciosamente os chinelos. – De fato, muito estranho!

Inclinando-se com uma de suas rápidas garras felinas, colocou o chinelo sobre a marca de sangue do peitoril. Correspondia exatamente. Holmes sorriu em silêncio para seus colegas.

O inspetor se transfigurou de emoção. Seu sotaque regional arranhava as palavras como um bastão raspando nos trilhos.

– Ora, ora! – exclamou ele. – Não há dúvida alguma! Foi o próprio Barker que fez essas marcas na janela. É uma pegada muito mais larga do que a de qualquer sapato. Recordo bem que o senhor disse que se tratava de um pé chato e torto, e aqui está a explicação. Mas que história é essa, senhor Holmes... que história é essa?

– Sim, que história é essa? – repetiu meu amigo, pensativo.

White Mason soltou uma risadinha e esfregou as mãos gordas, num gesto de satisfação profissional.

– Eu disse que era algo desconcertante! – exclamou ele. – E é verdadeiramente desconcertante.

Capítulo VI
Uma Luz ao Alvorecer

Os três detetives tinham muitas questões em detalhes a investigar; por essa razão voltei sozinho para nosso modesto alojamento na estalagem do vilarejo. Mas, antes de fazê-lo, resolvi dar uma caminhada no curioso e antigo jardim que flanqueava a casa. Fileiras de velhos teixos, podados de forma estranha, o circundavam. No interior, estendia-se um belo relvado com um relógio de sol no centro; o efeito era tão repousante e confortador que foi como que um bálsamo para meus tensos nervos.

Nessa atmosfera profundamente pacífica, seria possível esquecer ou relembrar, somente como um absurdo pesadelo, aquele sombrio escritório com um corpo inerte e coberto de sangue estendido no chão. Ainda assim, enquanto andava pelo jardim e tentava embeber minha alma com aqueles suaves aromas, ocorreu um estranho incidente que me fez recordar a tragédia e deixou uma sinistra impressão em minha mente.

Já disse que os teixos cercavam o jardim. Na extremidade mais afastada da casa, eles se apinhavam numa cerca contínua. Do outro lado dessa cerca, oculto aos olhos de quem se aproximasse do lado da casa, havia um banco de pedra. Ao me achegar do local, ouvi vozes; uma fazia observações num tom grave de fala masculina, respondida por sussurros de riso feminino.

Instantes depois, cheguei perto do limite da cerca e meus olhos se depararam com a senhora Douglas e Barker, antes que notassem minha presença. A atitude dela me desconcertou. Na sala de jantar, se havia mostrado reservada e discreta. Agora, toda a simulação de tristeza se havia dissipado. Os olhos brilhavam com a alegria de viver e o rosto vibrava com prazer diante de algumas observações do companheiro. Este estava sentado com o corpo inclinado para a frente, de mãos juntas e os cotovelos apoiados nos joelhos; um sorriso de satisfação transparecia em seu rosto atrevido e atraente. Num instante – mas foi precisamente um instante tarde demais – eles reassumiram as solenes máscaras, ao me verem. Trocaram algumas rápidas palavras entre si e então Barker se levantou e veio a meu encontro.

– Desculpe-me, senhor – disse ele –, mas é com o Dr. Watson que tenho a honra de falar?

Fiz uma inclinação com uma frieza que revelava, ouso dizer, claramente a impressão que havia ficado gravada em minha mente.

– Achamos que seria provavelmente o senhor, uma vez que sua amizade com o senhor Holmes é por demais conhecida. Não se importaria em vir falar por uns momentos com a senhora Douglas?

Segui-o cabisbaixo. Os olhos de minha mente podiam ver claramente aquele corpo estendido no assoalho. Poucas horas depois da tragédia, aqui estavam a mulher do assassinado e seu mais íntimo amigo rindo juntos, atrás de uma moita, no jardim do morto. Cumprimentei a mulher com reserva. Eu tinha sofrido com a tristeza dela na sala de jantar. Agora a encontrava com um olhar atraente, que não fazia sentido.

— Receio que o senhor me julgue insensível e sem coração — disse ela.

Encolhi os ombros.

— Isso não me diz respeito — repliquei.

— Talvez algum dia o senhor me faça justiça. Se puder compreender...

— Não vejo por que o Dr. Watson tivesse de compreender — interrompeu Barker, prontamente. — Como ele próprio disse, é um assunto que não lhe diz respeito.

— Exatamente — disse eu. — E, portanto, peço licença para retomar minha caminhada.

— Um momento, Dr. Watson — exclamou a mulher, em voz suplicante. — Há uma pergunta que o senhor pode responder com mais autoridade do que qualquer outra pessoa no mundo, e poderá fazer uma grande diferença para mim. Conhece o senhor Holmes e as relações dele com a polícia melhor do que ninguém. Supondo que um assunto fosse levado ao conhecimento dele confidencialmente, é absolutamente necessário que ele o transmita aos detetives oficiais?

— Sim, é isso — interveio Barker, ansiosamente. — Ele trabalha por conta própria ou está em total consonância com eles?

— Realmente, não sei se poderia me arvorar no direito de discutir semelhante questão.

— Peço... imploro que o faça, Dr. Watson! Asseguro-lhe que estaria nos ajudando... me ajudando muito, se pudesse nos guiar nesse ponto.

Havia na voz da mulher um toque de tanta sinceridade que, por um instante, esqueci toda a leviandade dela e me senti inteiramente inclinado a satisfazer-lhe o desejo.

— O senhor Holmes é um investigador independente — continuei. — Não tem de prestar contas a ninguém e age de acordo com o próprio julgamento. Ao mesmo tempo, não poderia naturalmente deixar de ser leal para com os agentes oficiais que estivessem trabalhando no mesmo caso e não haveria de lhes ocultar coisa alguma que os ajudasse a entregar um criminoso à Justiça. Nada mais posso dizer além disso e os aconselharia a se dirigirem ao próprio Holmes, se quiserem informações mais completas.

Dizendo isso, tirei o chapéu e segui meu caminho, deixando-os ainda sentados atrás daquela cerca. Olhei para trás, ao dobrar a extremidade dela, e vi que continuavam falando seriamente; e, como estivessem com seus olhos voltados para mim, era evidente que era nossa conversa o assunto que debatiam.

– Não quero ouvir confidências deles – disse Holmes, quando lhe relatei o ocorrido. Meu amigo havia passado a tarde inteira na mansão, conferenciando com seus dois colegas, e voltou à estalagem por volta das 5 horas, com um apetite voraz por uma abundante mesa de chá que eu havia pedido. – Nada de confidências, Watson, porque se tornam demasiado embaraçosas se delas resultar uma prisão por conspiração e assassinato.

– Acredita que possa chegar a esse ponto?

Ele estava num estado de espírito alegre e afável.

– Meu caro Watson, logo que tiver exterminado esse quarto ovo, estarei em condições de colocá-lo a par de toda a situação. Não digo que já tenhamos resolvido tudo, longe disso, mas quando tivermos descoberto o outro haltere...

– O haltere?

– Meu Deus, Watson! É possível que ainda não tenha compreendido o fato de que o caso gira em torno do haltere desaparecido? Bem, bem, não precisa ficar abatido, pois, cá entre nós, não creio que o inspetor Mac nem o excelente policial local tenham percebido a extraordinária importância desse pormenor. Um único haltere, Watson! Pense num atleta com um único haltere! Imagine o desenvolvimento unilateral, o perigo iminente de deformação da coluna vertebral. Chocante, Watson, chocante!

Ele estava sentado, mastigando uma torrada, os olhos cintilantes de malícia, observando minha confusão mental. A mera visão de seu excelente apetite era uma garantia de êxito, pois eu me lembrava claramente de dias e noites em que ele nem pensava em se alimentar, quando sua confusa mente se desgastava diante de algum problema, enquanto seu rosto magro e descarnando se adelgaçava ainda mais com o ascetismo de uma completa concentração mental. Finalmente, acendeu o cachimbo e, sentando num canto perto da lareira da velha hospedaria do vilarejo, passou a falar lentamente e à toa sobre o caso, mais como quem pensa em voz alta do que alguém que expressa uma reflexão.

– Uma mentira, Watson. Uma grande, imensa, colossal, importuna e deslavada mentira – isso é o que se nos apresenta de início. Esse é nosso ponto de partida. Toda a história contada por Barker é uma mentira. Mas a história de Barker é corroborada pela senhora Douglas; portanto, ela está mentindo também. Ambos mentem e de comum acordo. Consequentemente, estamos diante de um problema bem claro. Por que estão mentindo e qual é a verdade que tentam tão desesperadamente esconder? Vamos tentar, Watson, você e eu, vamos tentar desmascarar essa mentira e reconstituir a verdade.

"Como sei que estão mentindo? Porque se trata de uma invenção grosseira, que simplesmente não pode ser verdade. Pense bem! De acordo com a versão que nos foi apresentada, o assassino teve menos de um minuto, depois que o crime foi cometido, para tirar a aliança, que estava abaixo de outro anel, no dedo do morto e para repor esse outro anel – coisa que ele certamente jamais fez – e ainda colocar aquele cartão singular ao lado da vítima. Digo que isso era obviamente impossível."

"Você pode argumentar – mas tenho demasiado respeito por seu juízo, Watson, para pensar que você faria isso – que a aliança pode ter sido tirada antes que o homem fosse morto. O fato de a vela ter estado acesa somente por pouco tempo mostra que não houve uma conversa prolongada. Seria Douglas, pelo que sabemos do caráter intrépido dele, homem que se dispusesse a entregar a própria aliança com tanta facilidade ou poderíamos imaginar se realmente a entregou? Não, não, Watson, o assassino esteve sozinho com o morto por um bom tempo e com o lampião aceso. Sobre esse ponto não tenho a menor sombra de dúvida."

"Mas a arma de fogo foi aparentemente a causa da morte. Por isso o tiro deveria ter sido disparado algum tempo antes do momento que nos disseram. Não poderia haver engano quanto a isso. Estamos, portanto, na presença de uma deliberada conspiração por parte das duas pessoas que ouviram a arma disparar – Barker e a mulher de Douglas. A partir do momento em que conseguir demonstrar que a pegada de sangue no peitoril da janela foi deliberadamente posta ali por Barker, a fim de lançar a polícia numa pista falsa, haverá de admitir que todos os indícios apontam contra ele."

"Temos de nos perguntar agora a que horas o crime realmente ocorreu. Até as 10 e meia, os criados ainda se moviam pela casa; certamente, portanto, não foi antes dessa hora. Às 10h45, todos se haviam recolhido a seus quartos, com exceção de Ames, que se encontrava na despensa. Estive tentando fazer algumas experiências depois que você nos deixou, essa tarde, e constatei que nenhum ruído feito por MacDonald no escritório poderia chegar até meus ouvidos, na despensa, se todas as portas estivessem fechadas."

"Sucedeu o contrário, porém, em relação ao quarto da governanta. Não está tão longe corredor afora e, a partir dele, podia ouvir vagamente uma voz, se o som dela fosse bem alto. O estampido de um tiro pode ser relativamente abafado quando a descarga é feita a curta distância, como foi indubitavelmente nesse caso. Podia não ter sido muito alto e, mesmo assim, no silêncio da noite, poderia ser facilmente ouvido no quarto da senhora Allen. Esta senhora é, como ela própria nos contou, um pouco surda; mas, apesar disso, ela mencionou em seu depoimento ter ouvido algo semelhante ao bater de uma porta, meia hora antes de ser dado o alarme. Meia hora antes do alarme devia ser 10h45. Não tenho dúvidas de que foi o disparo da arma que ela ouviu e que esse foi o momento exato do crime."

"Se assim é, temos de determinar agora o que Barker e a senhora Douglas, supondo que eles não sejam os verdadeiros assassinos, podiam estar fazendo desde as 10h45, quando o som do tiro os fez descer, até as 11h15, quando tocaram a campainha e chamaram os criados. O que estavam fazendo e por que não deram imediatamente o alarme? Essa é a questão com que nos defrontamos; quando tiver sido resolvida, seguramente seguiremos no caminho certo para a solução de nosso problema."

– Pessoalmente, estou convencido – falei – de que há um entendimento entre essas duas pessoas. Ela deve ser uma criatura desalmada para ficar rindo de uma brincadeira poucas horas depois do assassinato do marido.

– Exatamente. Ela não dá a impressão de uma verdadeira esposa, mesmo no próprio relato que fez do que aconteceu. Não sou um admirador incondicional do sexo feminino, como você bem sabe, Watson, mas minha experiência de vida me ensinou que são raras as mulheres que, tendo um mínimo de consideração pelo marido, haveriam de buscar consolo nas palavras de qualquer homem a ponto de abandonar o cadáver do consorte. Se algum dia me casar, Watson, gostaria de poder inspirar a minha esposa alguns sentimentos que a impedissem de deixar-se levar embora por uma governanta quando meu cadáver estiver a poucos passos de distância. A cena foi muito mal montada, pois até mesmo o mais inexperiente dos investigadores deveria sentir-se chocado com a ausência dos habituais lamentos femininos. Se não houvesse nada mais, só essa falta teria sugerido à minha mente uma prévia conspiração.

– Você acredita então, categoricamente, que Barker e a senhora Douglas são culpados do assassinato?

– Há uma crueza apavorante nas perguntas que você faz, Watson – disse Holmes, brandindo o cachimbo em minha direção. – Vêm como balas desferidas contra mim. Se me perguntar se a senhora Douglas e Barker sabem a verdade sobre o crime e estão conspirando para escondê-la, então posso lhe dar uma resposta satisfatória. Tenho certeza de que estão fazendo isso. Mas a hipótese mais drástica, que você apresenta, não é tão clara assim. Vamos considerar, por um momento, as dificuldades que surgem no caso. Suponhamos que esse par esteja unido pelos laços de um amor ilícito e que os dois decidiram livrar-se do homem que se interpõe entre eles. É uma suposição vaga, pois a discreta investigação entre os criados e outras pessoas não conseguiu fundamentá-la de modo algum. Pelo contrário, a grande maioria dos depoentes afirma que os Douglas formavam um casal muito unido e afetuoso.

– Estou certo de que isso não pode ser verdade – disse eu, pensando no belo rosto sorridente no jardim.

– Bem, pelo menos, davam essa impressão. Vamos supor, no entanto, que os dois formam um par extraordinariamente astuto, que conseguiu enganar a todos nesse ponto e que conspirou para matar o marido. Acontece que este era um homem sobre cuja cabeça pairava um perigo...

– Temos somente a palavra deles a respeito.

Holmes ficou olhando, pensativo.

– Compreendo, Watson. Você está formulando uma teoria, segundo a qual tudo o que eles dizem, desde o começo, é falso. De acordo com sua ideia, nunca houve qualquer ameaça oculta, ou sociedade secreta, ou Vale do Medo, ou grão-mestre Mac--Fulano ou qualquer outra coisa. Bem, isso é uma generalização bastante radical. Vejamos a que isso nos leva. Eles inventam essa teoria para explicar o crime. Depois, encenam essa versão, deixando uma bicicleta no parque como prova da existência de alguém vindo de fora. A mancha de sangue no peitoril da janela reforça a mesma ideia. Assim também o cartão sobre o morto, cartão que pode ter sido preparado em casa. Tudo isso se encaixa em sua hipótese, Watson. Mas agora chegamos aos odiosos, rudes e repulsivos detalhes que não se enquadram. Por que, entre tantas armas, uma espingarda de canos serrados – e, além disso, americana? Como podiam estar tão seguros de que o estampido do disparo não haveria de fazer com que alguém chegasse até eles? Foi por mero acaso que a senhora Allen não saiu para investigar a causa da batida da porta. Por que seus dois culpados fizeram tudo isso, Watson?

– Confesso que não consigo explicá-lo.

– E mais, se uma mulher e seu amante planejam assassinar o marido, será que iriam revelar a culpa, tirando ostensivamente a aliança nupcial do homem depois de tê-lo assassinado? Isso lhe dá a impressão de ser provável, Watson?

– Não, certamente não.

– E mais ainda, se a ideia de deixar uma bicicleta escondida do lado de fora lhe ocorresse, valeria realmente a pena fazê-lo, quando o mais imbecil dos detetives haveria naturalmente de compreender tratar-se de óbvio subterfúgio, uma vez que a bicicleta é a primeira coisa de que o fugitivo necessitava para fugir?

– Não consigo encontrar explicação para isso.

– Mesmo assim, não haveria combinação de acontecimentos para a qual a inteligência do homem não possa encontrar explicação. Simplesmente como exercício mental, sem pretender que represente a verdade, deixe-me indicar uma possível linha de pensamento. Admito que é mera imaginação, mas com quanta frequência a imaginação é mãe da verdade?

"Suponhamos que houvesse uma culpa secreta, um segredo realmente vergonhoso na vida desse Douglas. Isso leva a seu assassinato por alguém que é, vamos supor, um vingador, alguém de fora. Esse vingador, por alguma razão que, confesso, ainda não consigo explicar, tomou a aliança do morto. A ideia de vingança poderia presumivelmente remontar à época do primeiro casamento de Douglas, e a aliança poderia ter sido subtraída por semelhante razão."

"Antes que esse vingador saísse, Barker e a senhora Douglas entraram na sala. O assassino convenceu-os de que qualquer tentativa para prendê-lo serviria apenas para divulgar um escândalo hediondo. Os dois ficaram transtornados com essa ideia e preferiram deixá-lo fugir. Com esse propósito, provavelmente baixaram a ponte levadiça, o que pode ser feito com o mínimo de ruído, e depois a levantaram novamente. O homem tratou de escapulir-se e, por algum motivo, achou que seria mais seguro fazê-lo a pé do que de bicicleta. Abandonou-a, portanto, onde ninguém haveria de descobri-la até que ele estivesse bem longe e em segurança. Até aqui, estamos dentro dos limites da probabilidade, não é?"

– Bem, é possível, sem dúvida – disse eu, com certa reserva.

– Devemos ter presente, Watson, de que qualquer coisa que acontecer deverá ser algo verdadeiramente extraordinário. Bem, continuando agora com nossa suposição, os dois – não necessariamente culpados – perceberam, depois da fuga do assassino, que se haviam colocado numa situação que poderia resultar em dificuldades para provar que eles não tinham cometido o crime ou que não haviam sido coniventes. Rapidamente e, de um modo um tanto desajeitado, enfrentaram a situação. Barker marcou o peitoril da janela com a impressão do chinelo manchado de sangue, para dar a ideia de como o fugitivo escapou. Obviamente, foram eles as duas pessoas que devem ter ouvido o som do tiro; dessa maneira, deram o alarme exatamente como deviam ter feito, mas uma boa meia hora depois do ocorrido.

– E como pretende provar tudo isso?

– Bem, se houve alguém de fora, poderia ser descoberto e capturado. Esta seria a mais eficaz de todas as provas. Mas, se não... bem, os recursos da ciência estão longe ainda de estarem esgotados. Acho que uma noite sozinho naquele escritório me ajudaria muito.

– Uma noite sozinho!

– Estou pronto a ir para lá imediatamente. Combinei tudo com o estimado Ames, que não nutre qualquer simpatia por Barker. Vou ficar sentado nessa sala e vou ver se sua atmosfera poderá me inspirar. Tenho muita fé no gênio do local. Está sorrindo, caro Watson. Bem, vamos ver. A propósito, você tem aquele enorme guarda-chuva, não é?

– Está aqui.

– Bem, vou pedi-lo emprestado, se me permitir.

– Certamente... mas é uma arma desprezível! Se houver perigo...

– Nada sério, meu caro Watson, caso contrário, pediria sua ajuda. Mas vou levar o guarda-chuva. Agora, estou apenas à espera do retorno de nossos colegas de Tunbridge Wells, onde estão no momento, empenhados em descobrir um provável proprietário da bicicleta.

Era quase noite quando o inspetor MacDonald e White Mason regressaram da expedição e chegaram exultantes, com notícias de grande progresso em nossa investigação.

– Meu caro, tenho de admitir que tive minhas dúvidas sobre a presença de alguém de fora no caso – disse MacDonald –, mas agora não as tenho mais. Identificamos a bicicleta e temos uma descrição de nosso homem, o que não deixa de ser um grande passo à frente.

– Para mim, isso parece o início do fim – disse Holmes. – Não posso deixar de me congratular com vocês de todo o coração.

– Bem, parti do fato que o senhor Douglas parecia estar agitado desde o dia anterior, quando tinha ido a Tunbridge Wells. Foi em Tunbridge Wells, portanto, que pressentiu o perigo. Era evidente, pois, que, se alguém tivesse vindo de bicicleta, não podia ser senão de Tunbridge Wells. Levamos a bicicleta conosco e a mostramos nos hotéis. Foi imediatamente identificada pelo gerente do Eagle Commercial como pertencente a certo Hargrave, que ali tinha tomado um quarto, dois dias antes. Essa bicicleta e uma maleta constituíam toda a sua bagagem. Havia se registrado como procedente de Londres, mas não tinha dado endereço algum. A maleta era de fabricação londrina e o conteúdo era de objetos ingleses, mas o homem era, sem dúvida alguma, americano.

– Bem, bem – disse Holmes, alegremente –, vocês realizaram, de fato, um belo trabalho enquanto eu fiquei aqui tecendo teorias com meu amigo! Isso é uma lição de senso prático, senhor Mac.

– Sim, justamente isso, senhor Holmes – observou o inspetor com satisfação.

— Mas tudo isso pode se encaixar com suas teorias — observei.
— Pode e não pode. Mas vamos ouvir o final, senhor Mac. Não havia nada que pudesse identificar esse homem?
— Tão pouco que era evidente que ele procurou cuidadosamente se proteger contra qualquer identificação. Não havia documentos ou cartas nem marca alguma nas roupas. Um mapa turístico do condado estava sobre a mesa do quarto dele. Havia deixado o hotel de bicicleta ontem de manhã, depois do café, e ninguém mais soube dele até o momento em que demos início a nossas investigações.
— É o que me deixa perplexo, senhor Holmes — disse White Mason. — Se o sujeito não queria fomentar boatos e alaridos em torno dele, seria de imaginar que tivesse voltado e permanecido no hotel como um inofensivo turista. Como estão as coisas, ele deve saber que será denunciado à polícia pelo gerente do hotel e que seu desaparecimento vai ser relacionado com o crime.
— É o que se poderia imaginar. Mas, de qualquer modo e até o momento, a argúcia dele se justifica, uma vez que ainda não foi preso. Mas a descrição dele... que tem a respeito?

MacDonald consultou o caderno de apontamentos.
— Aqui a temos, de acordo com as pessoas que interpelamos. Parece-me que ninguém deu maior atenção a ele, mas o porteiro, o recepcionista e a criada de quarto concordaram nas informações sobre alguns pontos. Era um homem de aproximadamente 1,80 de altura, de mais ou menos 50 anos, cabelos levemente encanecidos, bigodes grisalhos, nariz aquilino e um semblante descrito por todos como taciturno e repulsivo.
— Bem, salvo a expressão, quase poderia ser a descrição do próprio Douglas — disse Holmes. — Tem pouco mais de 50 anos, cabelos e bigode grisalhos e mais ou menos a mesma altura. Não conseguiram saber mais nada?

– Vestia uma pesada roupa cinzenta com uma jaqueta curta e trazia um curto sobretudo amarelo e um simples boné.

– E quanto à espingarda?

– Tem menos de três palmos de comprimento. Poderia muito bem caber na maleta ou trazê-la escondida, sem dificuldade, debaixo do sobretudo.

– E que acha de tudo isso com relação ao caso em geral?

– Bem, senhor Holmes – respondeu MacDonald –, quando tivermos capturado nosso homem – e pode estar certo de que enviei a descrição dele por telégrafo, cinco minutos depois de ouvi-la, a todos os postos policiais – estaremos mais aptos a julgar. Mas, como as coisas estão, certamente já avançamos muito. Sabemos que um americano, que se apresentava com o nome de Hargrave, chegou há dois dias a Tunbridge Wells, de bicicleta e maleta. Nesta última, havia uma espingarda de canos serrados; veio, portanto, com o deliberado propósito de matar. Ontem de manhã, dirigiu-se para cá, de bicicleta, com a arma escondida sob o sobretudo. Ninguém o viu chegar, pelo que sabemos; mas o homem não precisava passar pelo vilarejo para chegar aos portões do parque e, além disso, há sempre muitos ciclistas na estrada. É de se presumir que tenha escondido imediatamente a bicicleta entre os loureiros onde foi encontrada. E possivelmente ele se ocultou por ali também, de olhos voltados para a casa, à espera de que Douglas saísse. A espingarda é realmente um objeto estranho para ser usado dentro de casa; mas ele pretendia usá-la no lado de fora e, nesse caso, oferecia óbvias vantagens, visto que seria impossível errar o alvo, e o ruído de tiros é tão comum, numa área inglesa de caça, que ninguém lhe teria dado particular atenção.

– Tudo isso é muito claro – observou Holmes.

– Ora, o senhor Douglas não apareceu. O que esse sujeito

deveria fazer, então? Deixou a bicicleta e se aproximou da casa, no crepúsculo. Encontrou a ponte baixada e ninguém por perto. Aproveitou a oportunidade, pretendendo, sem dúvida, apresentar alguma desculpa se encontrasse alguém. Não se deparou com ninguém. Esgueirou-se porta adentro da primeira sala que viu e se escondeu atrás da cortina. Dali pôde ver a ponte sendo levantada e percebeu que sua única possibilidade de fuga seria pelo fosso. Esperou até as 11h15, quando o senhor Douglas, em seu costumeiro giro noturno pela casa, entrou na sala. Ele atirou e fugiu, como havia previsto. Previu que a bicicleta seria descrita pelo pessoal do hotel e que representaria uma pista contra ele; por isso a abandonou ali mesmo e foi, por qualquer outro meio, para Londres ou para algum esconderijo, preparado de antemão. O que acha disso, senhor Holmes?

– Bem, senhor Mac, é muito boa e muito clara até esse ponto. Essa é a conclusão de sua história. Minha conclusão é que o crime foi cometido meia hora antes que o relatado; que a senhora Douglas e Barker estão ambos conspirando para ocultar alguma coisa; que ajudaram o assassino a fugir – ou, pelo menos, que entraram na sala antes de ele fugir – e que simularam provas da fuga dele pela janela, ao passo que, com toda a probabilidade, eles próprios o deixaram fugir, baixando a ponte levadiça. Essa é minha interpretação da primeira parte.

Os dois detetives menearam a cabeça.

– Bem, senhor Holmes, se isso for verdade, só saímos de um mistério para cair em outro. – disse o inspetor londrino.

– E, de algum modo, em outro pior – acrescentou White Mason. – A mulher nunca esteve na América. Que possível ligação poderia ter com um assassino americano, a ponto de protegê-lo?

– Admito sem pestanejar as dificuldades – replicou Holmes. – Estou disposto a fazer uma pequena investigação pessoal esta noite e é bem possível que possa contribuir um pouco para a causa comum.

– Podemos ajudá-lo, senhor Holmes?

– Não, não. Só preciso da escuridão e do guarda-chuva do Dr. Watson. Minhas necessidades são simples. E de Ames, do fiel Ames, que sem dúvida me deixará à vontade. Toda a linha de meus pensamentos me conduz invariavelmente à mesma pergunta básica: como um homem atlético poderia desenvolver o físico com um instrumento tão inadequado como um único haltere?

Já era tarde da noite quando Holmes regressou de sua excursão solitária. Dormíamos num quarto de duas camas, que era o melhor que a pequena estalagem do interior poderia nos proporcionar. Eu já dormia quando fui parcialmente despertado com a entrada dele.

– Bem, Holmes – murmurei –, descobriu alguma coisa?

Ficou a meu lado em silêncio, com a vela na mão. Então a alta e esbelta figura se inclinou em minha direção.

– Watson – sussurrou ele –, você teria medo de dormir no mesmo quarto com um visionário, um homem sem miolos, um idiota cuja mente está descontrolada?

– Nem por nada – respondi, atônito.

– Ah! Que sorte a sua! – disse ele, e nenhuma palavra mais pronunciou a noite toda.

Capítulo VII
A Solução

Na manhã seguinte, depois do café, encontramos o inspetor MacDonald e White Mason sentados em conversa reservada na saleta do sargento da polícia local. Sobre a mesa, na frente deles, estavam empilhados numerosas cartas e telegramas, que andavam separando e catalogando com todo o cuidado. Três haviam sido postas de lado.

– Ainda na pista do ciclista fugitivo? – perguntou Holmes, cordialmente. – Qual é a última notícia do pilantra?

MacDonald apontou tristemente para o monte de correspondência.

– Neste momento, foi localizado em Leicester, Nottingham, Southampton, Derby, East Ham, Richmond e em 14 outras localidades. Em três delas – East Ham, Leicester e Liverpool – há provas contundentes contra ele e até foi preso. O país parece estar repleto de fugitivos com casacões amarelos.

– Meu Deus! – exclamou Holmes, com comiseração. – E agora, senhor Mac e senhor White Mason, desejo dar-lhes um breve conselho muito sério. Quando aceitei investigar esse caso com os senhores, estipulei, como devem certamente se lembrar, que não pretendia apresentar-lhes teorias comprovadas pela metade, mas que me empenharia e trabalharia com minhas próprias ideias até que eu mesmo ficasse satisfeito por julgá-las corretas. Por essa razão, não pretendo, no presente momento, contar-lhes tudo o que tenho em mente. Por outra parte, prometi que atuaria imparcialmente ao lado dos senhores e não acredito que seja honesto de minha parte permitir, ainda que por breves momentos, que desperdicem suas energias numa tarefa infrutífera. Por conseguinte, vim aqui esta manhã para aconselhá-los e meu conselho se resume em três palavras: abandonem o caso.

MacDonald e White Mason fitaram, espantados, seu renomado colega.

– O senhor a considera infrutífera? – exclamou o inspetor.

– Considero seu caso perdido. Não considero que seja impossível chegar à verdade.

– Mas esse ciclista! Ele não é uma invenção! Temos a descrição dele, a maleta, a bicicleta. O sujeito deve estar em algum lugar. Por que não deveríamos apanhá-lo?

– Sim, sim; não há dúvida de que está em algum lugar e, sem dúvida, vamos apanhá-lo; mas não gostaria que desperdiçassem suas energias em East Ham ou em Liverpool. Tenho certeza de que podemos encontrar algum atalho para resolver o caso.

– Está escondendo alguma coisa. Não é muito correto de sua parte, senhor Holmes. – O inspetor estava aborrecido.

– Conhece meus métodos de trabalho, senhor Mac. Mas vou reter algumas coisas pelo mais breve tempo possível. Só desejo verificar meus dados de determinada maneira, o que pode ser feito muito prontamente, e então apresentarei meus respeitos e regressarei a Londres, deixando meus resultados inteiramente à disposição dos senhores. Devo-lhes muito para agir de outro modo, pois, em toda a minha carreira, não me recordo de um caso mais singular e interessante.

– Já não entendo mais nada, senhor Holmes. Nós o vimos

quando retornamos de Tunbridge Wells, ontem à noite, e o senhor estava, de modo geral, de acordo com nossos resultados. O que aconteceu desde então para fazê-lo mudar tão completamente de ideia sobre o caso?

– Bem, visto que me perguntam, passei, como lhes havia dito que faria, algumas horas, ontem à noite, na mansão.

– Bem e o que aconteceu?

– Ah! Só posso lhes dar uma resposta muito genérica, por ora. A propósito, estive lendo uma descrição curta, mas clara e interessante sobre a antiga construção, que pode ser comprada pela modesta quantia de 1 penny na tabacaria local.

Dizendo isso, Holmes tirou do bolso do colete uma pequena brochura, em cuja capa se via impresso um desenho tosco da antiga mansão.

– O sabor de uma investigação se enriquece de forma marcante, meu caro senhor Mac, quando temos verdadeira paixão pela atmosfera histórica do próprio ambiente. Não se mostre tão impaciente, pois lhe asseguro que mesmo uma descrição tão trivial como esta desperta uma espécie de imagem viva do passado em nossa mente. Permita-me que lhe leia um trecho: "Erigida no quinto ano do reinado de Jaime I e surgindo dos alicerces de uma construção mais antiga, a mansão de Birlstone representa um dos mais belos exemplos que ainda restam de residência fortificada da era jacobita..."

– Está brincando conosco, senhor Holmes!

– Alto lá, calma, senhor Mac!... É o primeiro sinal de inquietação que detecto no senhor. Pois bem, não vou continuar lendo palavra por palavra, visto que isso o aborrece tanto. Mas quando lhe disser que há um relato da tomada do lugar por um coronel enviado pelo Parlamento, em 1644; de como Carlos II ali se escondeu por diversos dias, durante a Guerra Civil e, finalmente, da visita que Jorge II fez à casa, terá de admitir que há vários fatos de interesse ligados a essa antiga mansão.

– Não duvido, senhor Holmes; mas isso não é de nosso interesse.

– Não é? Não é? Visão ampla, meu caro senhor Mac, é uma das coisas essenciais de nossa profissão. A interação de ideias e o uso correlacionado de conhecimentos são, com frequência, de extraordinário interesse. Vai me desculpar essas observações de alguém que, mero perito amador de investigação de crimes, ainda é um pouco mais velho e talvez mais experiente que o senhor.

– Sou o primeiro a admiti-lo! – disse o detetive, cordialmente. – O senhor consegue atingir seus objetivos, reconheço; mas tem um jeito todo seu e diabólico de fazê-lo.

– Bem, bem, vou deixar a história antiga e passo para os fatos do presente. Ontem à noite fiquei, como já disse, na mansão. Não vi Barker nem a senhora Douglas. Não achei necessário incomodá-los; mas fiquei contente ao saber que a mulher não se mostrava visivelmente pesarosa e que tinha participado de um excelente jantar. Minha visita era especialmente destinada ao bondoso senhor Ames, com quem troquei algumas amabilidades, que culminaram com a permissão dele, sem que ninguém soubesse, para que eu permanecesse sozinho, durante algum tempo, no escritório.

– O quê! Com o cadáver? – exclamei.

– Não, não; já está tudo em ordem. Fui informado que permitiu que fosse removido, senhor Mac. A sala estava em seu estado normal e passei nela um instrutivo quarto de hora.

– Que esteve fazendo?

– Bem, sem fazer mistério de uma coisa tão simples, estive procurando o haltere desaparecido. Sempre o considerei de importância bastante grande na estimativa do caso. E acabei por encontrá-lo.

– Onde?

– Ah! Aqui chegamos ao limite do inexplorado. Permitam-me que prossiga um pouco mais e prometo que logo vão compartilhar tudo o que sei.

– Bem, somos compelidos a aceitar suas condições – disse o inspetor. – Mas quando vem nos aconselhar a abandonar o caso... com os diabos, por que deveríamos abandoná-lo?

– Pela simples razão, meu caro senhor Mac, de que não faz a menor ideia do que está investigando.

– Estamos investigando o assassinato do senhor John Douglas, da mansão de Birlstone.

– Sim, sim, realmente estão. Mas não se deem ao trabalho de procurar o homem da bicicleta. Asseguro-lhes que de nada adianta.

– Então, o que sugere que façamos?

– Direi exatamente o que devem fazer, desde que prometam fazê-lo.

– Bem, sinto-me obrigado a dizer que o senhor sempre tinha razão, apesar de suas estranhas maneiras de atuar. Farei o que me aconselha.

– E o senhor, White Mason?

O detetive da província olhou de modo indeciso para um e para outro. Holmes e seus métodos eram novos para ele.

– Bem, se for bom para o inspetor, também o será para mim – concluiu ele, por fim.

– Excelente! – disse Holmes. – Pois bem, então recomendo aos dois uma bela e aprazível caminhada pelo campo. Disseram-me que a vista que se descortina do alto dos montes de Birlstone sobre a floresta de Weald é magnífica. Sem dúvida, podem almoçar em qualquer estalagem conveniente, embora meu desconhecimento da região me impeça de lhes indicar uma em especial. À noite, estarão cansados, mas felizes...

– Ora, isso cheira a brincadeira de mau gosto – exclamou MacDonald, levantando-se zangado da cadeira.

– Bem, bem, passem o dia como quiserem – disse Holmes, batendo bem disposto no ombro dele. – Façam o que acharem melhor e vão aonde lhes aprouver, mas estejam aqui antes do anoitecer... sem falta, senhor Mac.

– Isso parece mais razoável.

– Tudo o que eu queria era lhes dar um excelente conselho; mas não insisto, desde que estejam aqui quando eu precisar dos senhores. Agora, porém, antes de nos separarmos, gostaria que escrevessem um bilhete ao senhor Barker.

– Sim?

– Vou ditá-lo, se quiserem. Estão prontos?

"Prezado Senhor

Sinto que é nosso dever esvaziar o fosso, na esperança de podermos encontrar algo..."

– É impossível – interrompeu o inspetor. – Já investiguei.

– Calma, calma! Meu caro senhor; por favor, faça o que lhe peço.

– Bem, continue.

"... na esperança de podermos encontrar algo que seja útil à nossa investigação. Já tomei providências e os operários estarão trabalhando amanhã de manhã cedo, desviando o curso do córrego..."

– Impossível!

"... desviando o curso do córrego, de modo que achei melhor avisá-lo de antemão."

– Agora, assinem e mandem entregá-lo em mãos, por volta das 4 horas. A essa hora, nos encontraremos novamente nesta sala. Até lá, cada um de nós pode fazer o que bem entender, pois posso lhes assegurar que essa investigação chegou definitivamente ao fim.

A noite começava a cair, quando voltamos a nos reunir. Holmes estava, a seu modo, muito sério; eu, curioso, e os detetives, obviamente céticos e aborrecidos.

— Bem, cavalheiros — disse meu amigo, gravemente —, peço-lhes, agora, para me porem totalmente à prova e poderão julgar por si próprios, se as observações que fiz justificam as conclusões a que cheguei. É uma noite fria e não sei quanto tempo vai durar nossa expedição; assim, peço-lhes que vistam seus sobretudos mais pesados. É de capital importância que estejamos a postos antes da noite fechada; por isso, com sua permissão, devemos partir imediatamente.

Caminhamos ao longo dos limites externos do parque da mansão até atingirmos um local onde havia uma abertura na grade que a cercava. Esgueiramo-nos por ela e depois, em plena escuridão, seguimos Holmes até alcançarmos uma moita de arbustos, que surgia quase em frente da porta principal e da ponte levadiça. Esta última ainda não tinha sido levantada. Holmes se agachou atrás dos arbustos e nós três seguimos o exemplo dele.

— Bem, o que vamos fazer agora? — perguntou MacDonald, com um tanto de rispidez.

— Devemos nos revestir de toda a paciência do mundo e fazer o mínimo de ruído possível — respondeu Holmes.

— Mas, afinal, por que estamos aqui? Acho realmente que poderia nos tratar com mais franqueza.

Holmes riu.

— Watson insiste em afirmar que eu sou o dramaturgo da vida real — disse ele. — Algum toque de artista vibra dentro de mim e me convida insistentemente para uma representação bem encenada. Nossa profissão, senhor Mac, seria certamente insípida e sórdida se, às vezes, não montássemos a cena para exaltar nossos resultados. A brusca acusação, a brutal pancada nas costas, de que nos serve tal desfecho? Mas a rápida dedução, a cilada sutil, a previsão inteligente de acontecimentos futuros, a prova triunfante de teorias arrojadas... Não seriam essas o orgulho e a justificação de nossa vida de trabalho? No presente momento, você estremece com a emoção da situação e com a antecipação da caça. Onde estaria essa emoção, se eu tivesse sido preciso como um horário de trens? Peço-lhe apenas um pouco de paciência, senhor Mac, e tudo ficará claro.

– Bem, espero que o orgulho e a justificação, e o resto, cheguem antes de morrermos de frio – disse o detetive londrino, com cômica resignação.

Todos nós tínhamos boas razões para concordar com essa aspiração, pois nossa vigília foi longa e penosa. Lentamente, as sombras escureceram a extensa e triste fachada da velha casa. Um vapor frio e denso, proveniente do fosso, nos enregelava até os ossos e nos fazia bater os dentes. Havia um único lampião sobre o portão de entrada, e um globo de luz firme clareava o escritório fatal. Tudo o mais estava imerso na escuridão e no silêncio.

– Quanto tempo vai durar isso? – perguntou o inspetor, finalmente. – E o que estamos esperando?

– Não faço a menor ideia de quanto isso possa durar – respondeu Holmes, com certa aspereza. – Se os criminosos sempre divulgassem seus movimentos, como fazem os trens, certamente seria mais conveniente para todos nós. Quanto ao que nós... Bem, isso aí é o que estávamos esperando!

Enquanto falava, a brilhante luz amarela do escritório foi obscurecida por alguém que caminhava de cá para lá, diante dela. A moita de arbustos, no meio da qual nos ocultávamos, estava exatamente defronte da janela e a não mais de trinta passos de distância. Logo foi totalmente aberta, com um rangido de dobradiças, e pudemos divisar a escura silhueta da cabeça e dos ombros de um homem, olhando para a escuridão do lado de fora. Por alguns minutos perscrutou as trevas, de forma furtiva e cautelosa, como alguém que deseja assegurar-se de que não está sendo observado. Então se inclinou para a frente e, no silêncio da noite, percebemos um leve rumor de água agitada. Parecia que estava remexendo o fosso com alguma coisa que segurava nas mãos. Subitamente, puxou algo para dentro, como um pescador retira um peixe – um objeto grande e redondo, que encobriu a luz ao passar pela janela aberta.

– Agora! – gritou Holmes. – Agora!

– Todos nos pusemos de pé, cambaleando atrás dele, com os membros enregelados, enquanto ele correu velozmente através da ponte e começou a tocar furiosamente a campainha. Ouviu-se, do lado de dentro, o ranger dos ferrolhos, e o atônito Ames apareceu de pé, na entrada. Holmes afastou-o para um lado sem dizer palavra e, seguido por todos nós, precipitou-se para dentro da sala ocupada pelo homem que tínhamos estado vigiando.

O clarão que tínhamos visto do lado de fora provinha de uma lamparina a óleo, posta sobre a mesa. Agora estava nas mãos de Cecil Barker, que a mantinha dirigida para nós, ao entrarmos. A luz brilhava em seu rosto amplo, resoluto, bem barbeado e em seus olhos ameaçadores.

– Que diabo significa tudo isso? – gritou ele. – Mas o que estão procurando?

Holmes lançou um rápido olhar derredor e então se atirou sobre um embrulho encharcado, atado com uma corda e que tinha sido jogado para debaixo da escrivaninha.

– Aqui está o que procuramos, senhor Barker. Esse embrulho que contém um haltere e que o senhor acaba de retirar do fundo do fosso.

Barker fitou Holmes, estupefato.

– Raios que o partam! Como chegou a saber disso? – perguntou ele.

– Simplesmente porque eu mesmo o coloquei lá.
– O senhor o colocou lá! O senhor?
– Talvez devesse ter dito "recoloquei-o lá" – replicou Holmes. – O senhor deve se lembrar, inspetor MacDonald, de que eu estava um tanto impressionado com a ausência de um haltere. Chamei sua atenção a respeito, mas, com a iminência de outros acontecimentos, o senhor dificilmente teria tido tempo para levar em consideração esse fato, que lhe possibilitaria tirar deduções dele. Quando existe água por perto e desaparece um objeto pesado, não é suposição forçada pensar que algo foi lançado nessa água. A ideia, pelo menos, era digna de ser testada; assim, com a ajuda de Ames, que permitiu minha permanência na sala, e com o cabo recurvo do guarda-chuva do Dr. Watson, consegui, ontem à noite, pescar e examinar esse pacote. Era de capital importância, porém, que conseguíssemos provar quem o havia posto ali. Chegamos a isso pelo simples estratagema de anunciar que o fosso iria ser esvaziado amanhã cedo, o que, naturalmente, teve o efeito de levar a pessoa que havia escondido o embrulho a tentar certamente retirá-lo quando a escuridão da noite o permitisse. Temos não menos de quatro testemunhas contra quem se aproveitou da oportunidade; e por isso, senhor Barker, acredito que a palavra agora está à sua disposição.

Sherlock Holmes colocou o embrulho encharcado sobre a mesa, ao lado da lamparina, e desatou a corda que o amarrava. De dentro dele extraiu um haltere, que atirou no chão, para o canto onde se encontrava o outro. Depois retirou um par de botas. "Americanas, como percebem", observou ele, apontando para o bico. Em seguida, colocou sobre a mesa uma faca embainhada, comprida e mortífera. Finalmente, desfez um embrulho de roupas que continha um jogo completo de roupa íntima, meias, um casaco esportivo cinza e um curto sobretudo amarelo.

— As roupas são comuns — observou Holmes —, com a única exceção do sobretudo, que está repleto de indícios sugestivos. — Ele o segurava delicadamente contra a luz. — Aqui, como podem notar, está o bolso interno, prolongado através do forro de tal modo que deixa amplo espaço para a espingarda de canos serrados. A etiqueta do alfaiate está na gola... "Neal, fornecedor, Vermissa. U.S.A.". Passei uma tarde instrutiva na biblioteca do pároco e aprimorei meus conhecimentos, ao acrescentar o fato de que Vermissa é uma cidadezinha florescente na embocadura de um dos vales mais conhecidos da região mineira de carvão e de ferro dos Estados Unidos. Recordo-me vagamente, senhor Barker, de que o senhor associou os distritos carboníferos com a primeira esposa do senhor Douglas e não me parece muito forçada a dedução de que as letras "V. V.", grafadas no cartão encontrado ao lado do cadáver, possam significar Vale Vermissa ou que esse vale, que expede emissários assassinos, seja aquele Vale do Medo, de que ouvimos falar. Tudo isso está bem claro. E agora, senhor Barker, não me parece que seja oportuno esperar mais por sua explicação.

Valia a pena observar a expressão do rosto de Cecil Barker durante a exposição do grande detetive. Raiva, espanto, consternação e indecisão transpareciam nele sucessivamente. Finalmente, refugiou-se numa ironia um tanto acre.

— Já que sabe tanto, senhor Holmes, talvez fosse melhor que nos contasse mais — sorriu desdenhosamente.

— Sem dúvida que poderia lhe contar muito mais coisas, senhor Barker; mas soariam melhor vindas do senhor.

— Oh! É assim que pensa, não é? Pois bem, tudo o que posso dizer é que, se existe algum segredo, não é meu e não sou o homem indicado para revelá-lo.

— Bem, se segue essa linha, senhor Barker — disse o inspetor, calmamente –, devemos conservá-lo à nossa disposição até obtermos ordem de prisão contra o senhor.

– Dane-se! Podem fazer o que quiserem – retrucou Barker, em tom de desafio.

A situação parecia ter chegado a um ponto sem saída com relação a ele, pois bastava olhar para seu rosto granítico para compreender que nenhuma pena forte e dura iria forçá-lo a abrir-se. O ponto morto foi rompido, no entanto, por uma voz feminina. A senhora Douglas havia ficado escutando junto da porta entreaberta e acabava de entrar na sala.

– Por ora, você já fez bastante, Cecil – disse ela. – Aconteça o que acontecer no futuro, você já fez bastante.

– Bastante e mais que bastante – observou Sherlock Holmes, gravemente. – Tenho total compreensão por seus sentimentos, senhora, e peço encarecidamente que tenha confiança na sensatez de nossas leis e se coloque espontaneamente sob a tutela da polícia. É possível que eu próprio tenha alguma culpa por não ter acolhido a oferta que se dispôs a me fazer, por meio de meu amigo Dr. Watson, mas naquele momento eu tinha todas as razões para acreditar que a senhora estava diretamente envolvida no crime. Agora estou convencido de que não é bem assim. Ao mesmo tempo, ainda há muita coisa sem explicação e agora lhe recomendaria insistentemente que peça ao senhor Douglas para nos expor toda a história.

A senhora Douglas deu um grito de espanto ante as palavras de Holmes. Os detetives e eu devemos tê-lo repetido ao vermos surgir um homem que parecia ter emergido da parede e que agora avançava do meio da escuridão do canto em que havia aparecido. A senhora Douglas voltou-se e, num instante, estava com os braços em torno dele. Barker apertou a mão que o homem lhe estendia.

– É melhor desse jeito, Jack – repetia a esposa. – Tenho certeza de que é melhor assim.

– Sim, de fato, senhor Douglas – disse Sherlock Holmes. – Estou certo de que vai achar que é melhor.

O homem ficou por momentos pestanejando, com o olhar confuso de quem sai de repente da escuridão para a luz. Tinha um rosto grande, olhos cinzentos saltados, bigodes espessos, aparados e grisalhos, queixo quadrado e saliente e uma boca sorridente. Fitou-nos demoradamente e depois, para meu espanto, veio em minha direção e me entregou um maço de papéis.

– Ouvi falar do senhor – disse ele, com um sotaque nem inglês nem americano, mas mesclado e agradável. – O senhor é o historiador desse caso. Bem, Dr. Watson, o senhor nunca teve semelhante história passando por suas mãos e aposto meu último dólar nesta. Conte-a a seu modo; mas aí estão os fatos e não haverá de decepcionar o público com eles. Estive engaiolado durante dois dias e passei as horas de luz do dia – se é que havia luz do dia naquela ratoeira – colocando tudo em palavras no papel. Bem-vindo a elas... o senhor e seu público. Aí está a história do Vale do Medo.

– Isso é passado, senhor Douglas – replicou Sherlock Holmes, calmamente. – O que desejamos agora é ouvir sua história do presente.

– Vai tê-la, senhor – confirmou Douglas. – Posso fumar enquanto falo? Bem, muito obrigado, senhor Holmes. O senhor também é fumante, se bem me lembro, e pode imaginar o que é passar dois dias com tabaco no bolso sem fumar, de medo que o cheiro possa denunciá-lo. – Apoiou-se na beirada da lareira e aspirou a fumaça do charuto que Holmes lhe havia alcançado. – Ouvi falar a seu respeito, senhor Holmes. Nunca suspeitei que pudesse me encontrar com o senhor. Mas antes que termine de examinar isso – acenava para meus papéis – irá dizer que eu lhe trouxe algo de novo.

O inspetor MacDonald estivera fitando o recém-chegado com o maior espanto.

– Bem, isso realmente me desconcerta! – exclamou ele, finalmente. – Se o senhor é John Douglas, da mansão de Birlstone, então de quem estivemos investigando a morte nesses dois dias e de onde, afinal, o senhor surgiu? Parece-me que saltou para fora do chão como de uma caixa de surpresas.

– Ah! Senhor Mac – interveio Holmes, agitando o dedo indicador em reprovação –, não quis ler esse excelente guia local, que descrevia o esconderijo do rei Carlos II. Naqueles tempos, as pessoas não se escondiam senão em ótimos refúgios, e o esconderijo que serviu uma vez pode ser usado novamente. Eu me havia convencido de que haveríamos de descobrir o senhor Douglas debaixo desse teto.

– E por quanto tempo esteve nos pregando essa peça, senhor Holmes? – perguntou o inspetor, zangado. – Por quanto tempo nos deixou perder tempo numa busca que o senhor sabia ser absurda?

– Por nenhum instante, meu caro senhor Mac. Foi somente ontem à noite que pude ter uma ideia mais clara de minhas teorias. E como não podiam ser postas à prova a não ser esta noite, convidei o senhor e seu colega a passar o dia de folga. Pois bem, que mais poderia fazer? Quando encontrei o pacote de roupas no fosso, logo se tornou evidente para mim que o corpo que havíamos encontrado podia não ser o do senhor John Douglas, mas sim o do ciclista de Tunbridge Wells. Nenhuma outra conclusão era possível. Tinha de determinar, portanto, onde poderia estar o próprio senhor Douglas e, pelo cálculo das probabilidades, me pareceu que, com a conivência da esposa e do amigo, devia estar escondido numa casa, que tivesse tais acomodações para um fugitivo, à espera de momentos mais calmos para que pudesse fugir em definitivo.

– Bem, sua teoria é praticamente perfeita – disse Douglas, mostrando aprovação. – Achei que poderia me esquivar das leis inglesas, pois não estava seguro de minha posição perante elas, e também vislumbrei a oportunidade de tirar esses cães de meu encalço, de uma vez por todas. Veja bem, nada fiz, do começo ao fim, de que pudesse me envergonhar e nada que não pudesse fazer de novo; mas os senhores é que vão julgar isso quando lhes contar minha história. Não se preocupe em me advertir, inspetor; prontifico-me a dizer somente a verdade.

"Não vou começar pelo princípio. Está tudo ali *(e acenou para meu maço de papéis)* e vão achar que é uma vigorosa e estranha história. Toda ela se resume nisso: há alguns homens com boas razões para me odiar e que dariam até seu último dólar para me eliminar. Enquanto eu estiver vivo e eles igualmente vivos, não haverá salvação para mim neste mundo. Caçaram-me de Chicago até a Califórnia; depois conseguiram me expulsar da América; mas, quando me casei e me estabeleci neste lugar sossegado, julguei que meus últimos anos iriam decorrer em paz."

"Nunca expliquei à minha mulher do que se tratava. Como poderia envolvê-la nisso? Ela jamais teria novamente um momento tranquilo, mas ficaria sempre imaginando problemas. Pensava que ela sabia alguma coisa, pois posso ter deixado escapar uma palavra aqui e outra acolá, mas até ontem, depois que os senhores a viram, sempre ignorou a verdadeira situação. Ela lhes contou tudo o que sabia e o mesmo fez Barker, pois, na noite que essa coisa aconteceu, havia muito pouco tempo para explicações. Agora ela está a par de tudo e eu teria sido mais sensato se lhe tivesse contado antes. Mas era uma questão complicada, querida", ele tomou a mão dela na sua, "e eu agi da melhor maneira."

"Bem, senhores, no dia anterior a esses acontecimentos, eu estava em Tunbridge Wells e vi de relance um homem na rua. Foi só uma olhada, mas tenho olhos agudos para essas coisas e não duvidei, nem por um momento, de quem se tratava. Era meu pior inimigo entre todos... Alguém que esteve atrás de mim todos esses anos como um lobo faminto perseguindo uma rena.

Compreendi a iminência do perigo, voltei para casa e me preparei para enfrentá-lo. Achei que poderia lutar contra ele sozinho; minha sorte era proverbial nos Estados Unidos por volta de 1876. Nunca duvidei de que ela ainda deveria estar comigo."

"Fiquei precavido durante todo o dia seguinte e, nem por um momento, saí para o parque. Foi sorte, pois ele teria me liquidado com aquela arma de canos serrados antes que eu tivesse tempo de revidar. Depois que a ponte foi erguida – minha mente sempre ficava mais tranquila quando essa ponte estava levantada à noite – tirei da cabeça qualquer preocupação. Jamais sonharia que ele pudesse penetrar nesta casa e esperar por mim. Mas quando fiz meu giro pela casa, de roupão, como era meu hábito, mal pus os pés no escritório e pressenti o perigo. Creio que, quando um homem já enfrentou perigos na vida (e eu enfrentei mais que o suficiente em meus tempos) há uma espécie de sexto sentido que levanta a bandeira vermelha. Percebi o sinal quase imediatamente e, mesmo assim, não poderia explicar por quê. No instante seguinte, vi a ponta de uma bota debaixo da cortina da janela e então compreendi tudo."

"Eu só tinha a única vela, que trazia nas mãos, mas havia suficiente luz que vinha do lampião do vestíbulo através da porta aberta. Deixei a vela na mesa e saltei para apanhar o martelo que havia deixado na beirada da lareira. No mesmo instante, o homem se atirou sobre mim. Vi o brilho de uma faca e apliquei-lhe um golpe com o martelo. Devo tê-lo atingido em alguma parte, pois a faca tilintou pelo chão. Ele se esquivou por trás da mesa, tão rápido como uma enguia, e um momento depois tirou a espingarda de dentro do sobretudo. Ouvi-o engatilhá-la, mas eu a agarrei firmemente antes que ele pudesse disparar. Mantinha-a segura pelo cano e lutamos desesperadamente por um minuto ou mais. O primeiro que a soltasse estaria morto.

"Nunca largou a arma, mas deixou a coronha virada para

baixo por demasiado tempo. Talvez tenha sido eu quem puxou o gatilho. Talvez o tenhamos apertado juntos. De qualquer modo, ele recebeu a dupla descarga no rosto, e lá estava eu, olhando para baixo para tudo o que havia restado de Ted Baldwin. Eu o reconheci no distrito municipal e novamente quando saltou sobre mim; mas a própria mãe dele não o reconheceria no estado em que eu o via então. Estou habituado às piores coisas, mas eu realmente me senti mal ao vê-lo desse jeito."

"Eu estava agarrado a um lado da mesa, quando Barker desceu às pressas. Ouvi os passos de minha mulher, que se aproximava, e corri para a porta e a detive. Não era cena para uma mulher contemplar. Prometi que logo iria até ela. Troquei uma palavra ou duas com Barker – ele compreendeu tudo num relance – e ficamos esperando que os outros aparecessem. Mas não havia sinal deles. Entendemos então que não tinham ouvido nada e que somente nós dois sabíamos de tudo o que havia acontecido. Foi nesse instante que tive uma ideia. Estava completamente deslumbrado com o brilho dela. A manga do homem morto se havia arregaçado e deixava à mostra, no antebraço, a marca de fogo da Loja. Olhem aqui!"

O homem que tínhamos conhecido como Douglas levantou a manga do casaco e abriu o punho da camisa para mostrar um triângulo marrom dentro de um círculo, exatamente igual ao que tínhamos visto no braço do homem morto.

– Foi a vista desse sinal que me inspirou. Pareceu-me ver tudo claro num instante. A altura, o cabelo e o físico eram quase iguais aos meus. Ninguém poderia jurar reconhecê-lo pelo rosto, pobre diabo! Providenciei essa muda de roupas e, num quarto de hora, Barker e eu tínhamos vestido nele meu roupão e o deixamos como os senhores o encontraram. Colocamos todas as coisas dele num embrulho, que lhe aumentei o peso com o único objeto que pude encontrar, e o jogamos pela janela. O cartão que ele pretendia deixar sobre meu cadáver estava ao lado do dele.

"Pusemos meus anéis no dedo dele; mas quando chegou a vez da aliança – ele espalmou sua musculosa mão – os senhores podem ver que eu não conseguiria tirá-la. Não a tinha removido jamais desde o dia de meu casamento e teria precisado de uma lima para retirá-la. De qualquer modo, não sei se teria tido coragem de me separar dela, mas, mesmo que a tivesse, não teria sido possível. Assim, deixamos de lado esse detalhe, apesar do que pudesse acontecer. Por outro lado, fui buscar um pequeno adesivo e o coloquei no morto, exatamente no mesmo lugar onde agora tenho um. Deixou escapar essa, senhor Holmes, com toda a astúcia que tem, pois, se tivesse arrancado esse adesivo, não teria encontrado nenhum corte debaixo dele."

"Bem, essa era a situação. Se eu pudesse permanecer oculto por algum tempo e depois partir para um lugar, onde minha 'viúva' viesse juntar-se a mim, poderíamos ter, finalmente, a oportunidade de viver em paz pelo resto de nossa vida. Esses malditos não me dariam tréguas, enquanto eu não estivesse debaixo da terra; mas, se lessem nos jornais que Baldwin me havia eliminado, seria o fim de todos os meus problemas. Não tive muito tempo para deixar isso bem claro para Barker e minha mulher, mas eles compreenderam o suficiente para se disporem a me ajudar. Sabia tudo sobre esse esconderijo, como Ames também o sabia; mas não entrou na cabeça dele que houvesse uma relação com os acontecimentos. Retirei-me para esse local e coube a Barker fazer o resto."

"Acredito que os senhores podem descrever o que ele fez. Abriu a janela e imprimiu a marca de sangue no peitoril, para dar uma ideia de como o assassino fugiu. Era uma tarefa complicada, mas a ponte estava levantada; não havia outro jeito. Depois de tudo estar ajeitado, tocou a campainha. O que aconteceu em seguida, já sabem. E assim, senhores, podem fazer o que quiserem, mas eu lhes contei a verdade, nada mais que a verdade, e que Deus me ajude! O que lhes pergunto agora é: qual a minha situação perante as leis inglesas?"

Houve um silêncio que foi rompido por Holmes.

– A legislação inglesa é justa, em princípio. Não será tratado com maior rigor do que merece, senhor Douglas. Mas gostaria de lhe perguntar como esse homem soube que o senhor morava aqui ou como conseguiu entrar em sua casa ou em que lugar se escondeu para atacá-lo?

– Nada sei a respeito.

O rosto de Holmes estava branco e grave.

– Receio que a história não terminou ainda – disse ele. – Poderá encontrar perigos piores do que a lei inglesa ou mesmo piores do que seus inimigos da América. Vejo problemas à sua frente, senhor Douglas. Siga meu conselho e mantenha-se sempre alerta.

E agora, meus pacientes leitores, peço-lhes que me acompanhem por algum tempo, longe da mansão de Birlstone, em Sussex, e longe também do ano da graça em que seguimos nosso curso de acontecimentos, que terminou com a estranha história do homem que era conhecido como John Douglas. Desejo que retrocedam uns 20 anos no tempo, viajando alguns milhares de milhas na direção oeste, para que eu lhes possa revelar uma singular e terrível história – tão singular e tão terrível que talvez possam achar difícil de acreditar nela, mesmo que eu a conte e mesmo que tenha ocorrido.

Não pensem que inicio uma história antes de terminar outra. Ao prosseguir na leitura, vão ver que não é assim. E quando tiver detalhado esses distantes acontecimentos e vocês tiverem desvendado esse mistério do passado, vamos nos encontrar, uma vez mais, naqueles aposentos da Baker Street, onde esta, como tantas outras histórias, encontrará seu fim.

Segunda Parte

Os Vingadores

Capítulo I
O Homem

Era o dia 4 de fevereiro do ano de 1875. O inverno havia sido rigoroso e a neve permanecia acumulada nos desfiladeiros das montanhas de Gilmerton. A ferrovia, no entanto, tinha sido desimpedida, e o trem da tarde, que liga a longa linha de assentamentos das minas de carvão e de ferro, gemia lentamente em seu caminho aclives escarpados acima, que conduzem de Stageville, na planície, até Vermissa, cidade central do distrito, situada na ponta do Vale de Vermissa. A partir desse ponto, a via férrea desce para Bartons Crossing, Helmdale e para o condado essencialmente agrícola de Merton. Era um ferrovia de trilho único, mas em cada ramal – e eram numerosos – longas filas de vagões atulhados de carvão e de minério de ferro revelavam a riqueza oculta que havia trazido uma rude população e uma vida efervescente para esse desolado canto dos Estados Unidos da América.

Era realmente desolado! O pioneiro que primeiro o atravessou não poderia imaginar que as mais belas pradarias e as mais luxuriantes pastagens com abundância de água seriam desprezadas em favor dessa terra melancólica de penhascos negros e de floresta emaranhada. Acima dos escuros e muitas vezes impenetráveis bosques, que se equilibravam por seus flancos, despontavam as altas, desnudas e nevadas cristas das montanhas de rochas denteadas, deixando um longo e tortuoso vale no centro. O pequeno trem ia rastejando por esse vale acima.

As lamparinas mal tinham sido acesas no vagão dianteiro, destinado a passageiros, que um longo e modesto vagão já estava ocupado por 20 ou 30 pessoas sentadas. A maioria delas constituía-se de trabalhadores que regressavam de seu dia de trabalho para a parte mais baixa do vale. Pelo menos uma dúzia deles, por seus rostos austeros e pelas lanternas de segurança que carregavam, se diziam mineiros. Permaneciam sentados num grupo, fumando e conversando em voz baixa, olhando ocasionalmente para dois homens do lado oposto do vagão, cujos uniformes e divisas mostravam que eram policiais.

Várias mulheres da classe operária e um ou dois viajantes, que podiam ser donos de pequenas lojas, compunham o restante dos passageiros, excetuando-se um jovem que ficava num canto, sozinho. É desse homem que vamos nos ocupar. Deem uma boa olhada nele, porque vale a pena.

Trata-se de um jovem bem apessoado, de altura média, não muito distante, pelo que se poderia supor, de seus 30 anos. Tinha grandes, perspicazes e caprichosos olhos cinzentos, que piscavam interrogativamente, de quando em quando, ao olhar em volta através de seus óculos para as pessoas perto dele. É fácil perceber que é sociável e possivelmente de boa disposição, desejoso de ser amigável com todos. Qualquer um poderia tomá-lo imediatamente como bom companheiro por suas atitudes e comunicativo por natureza, com uma inteligência viva e um sorriso sempre pronto. Mesmo assim, quem o examinasse mais de perto haveria de discernir certa firmeza no rosto e uma rigidez inflexível em torno dos lábios, que o advertiriam de que havia abismos pouco além e que esse jovem irlandês agradável e de cabelo castanho provavelmente poderia deixar sua marca, para o bem ou para o mal, em qualquer grupo em que se introduzisse. Depois de ter feito uma ou duas tentativas de falar com o mineiro mais próximo e de ter recebido somente respostas secas e grosseiras, o viajante se resignou a um silêncio adequado, olhando taciturnamente pela janela, para a paisagem mutante.

Não era uma perspectiva animadora. Através da escuridão crescente, pulsava o brilho avermelhado das fornalhas pelos lados das colinas. Enormes montes de detritos e depósitos de carvão assomavam em cada lado, com as altas torres das minas elevando-se sobre eles. Grupos desordenados de miseráveis casas de madeira, cujas janelas começavam a se delinear com a luz, estavam esparramadas aqui e acolá, ao longo da linha, e os frequentes locais de parada estavam apinhados com seus habitantes de cor escura.

Os vales de ferro e de carvão do distrito de Vermissa não eram locais para desocupados ou para homens instruídos. Por toda a parte se viam sinais da mais cruel batalha pela vida, do duro trabalho a ser feito e dos rudes e vigorosos trabalhadores que o faziam.

O jovem viajante olhava para essa região sinistra com um semblante que transparecia ao mesmo tempo repulsa e interesse, o que revelava que o cenário era novo para ele. De vez em quando tirava do bolso uma volumosa carta, que consultava, e em cujas margens rabiscava algumas anotações. A certa altura, tirou de trás da cintura algo que dificilmente alguém teria esperado estar de posse de um homem de maneiras tão gentis. Era um revólver da Marinha, de tamanho considerável. Ao incliná-lo para a luz, o brilho nas beiradas dos cartuchos de cobre dentro do tambor mostrava que estava totalmente carregado. Ele o repôs rapidamente no bolso, mas não antes de ser observado por um trabalhador que estava sentado no banco adjacente.

— Olá, companheiro! – disse ele. – Parece bem calçado e pronto.
O jovem sorriu com ar embaraçado.

— Sim – replicou ele. – Às vezes precisamos no lugar de onde venho.

— E de onde poderia vir?

— Ultimamente estava em Chicago.

— Estranho por esses lados?

— Sim.

— Pode ser que precise dele também por aqui – disse o trabalhador.

— Ah! É mesmo? – o jovem parecia interessado.

— Não ouviu nada do que anda acontecendo por aqui?

— Não ouvi nada de extraordinário.

— Ora, achei que já se soubesse por toda a parte. Logo vai saber muita coisa. Mas o que o trouxe para cá?

— Ouvi dizer que sempre havia trabalho para um homem voluntarioso.

— Você é membro do Sindicato?

— Certamente.

— Então vai arranjar emprego, creio. Tem amigos por aqui?

— Ainda não; mas tenho meios de fazê-los.

— Como é que é?

— Faço parte da Eminente Ordem dos Homens Livres. Não há cidade sem uma Loja e, onde há uma Loja, devo encontrar amigos.

A observação teve um efeito singular sobre o companheiro. Olhou ao redor, desconfiado, para os outros no vagão. Os mineiros continuavam cochichando entre si. Os dois policiais estavam cochilando. Ele se aproximou, sentou-se ao lado do jovem viajante e lhe estendeu a mão.

— Aperte aqui! – disse ele.

Houve um forte aperto de mãos entre os dois.

– Percebo que fala a verdade – continuou o trabalhador. – Mas é melhor certificar-me.

Levantou a mão direita até a altura da sobrancelha direita. O viajante imediatamente levantou a mão esquerda até a altura da sobrancelha esquerda.

– Noites escuras são desagradáveis – disse o trabalhador.

– Sim, para os estranhos viajarem – respondeu o outro.

– Isso é o que basta, amigo. Sou o irmão Scanlan, da Loja 341, do Vale de Vermissa. Prazer em vê-lo por esses lados.

– Obrigado. Eu sou o irmão McMurdo, da Loja 29, de Chicago, cujo grão-mestre é J. H. Scott. Mas realmente é uma grande sorte encontrar um irmão tão rapidamente!

– Bem, há muitos dos nossos por aí. Não vai encontrar em lugar algum dos Estados Unidos a Ordem tão florescente como aqui no Vale de Vermissa. Mas nós poderemos ajudar um rapaz como você. Só não compreendo como um homem esperto do Sindicato não conseguiu arranjar trabalho em Chicago.

– Encontrava trabalho até em demasia – disse McMurdo.

– Então, por que saiu de lá?

McMurdo acenou em direção dos policiais e sorriu.

– Creio que aqueles camaradas gostariam de sabê-lo – respondeu ele.

Scanlan suspirou, mostrando simpatia.

– Está em apuros? – perguntou ele, num sussurro.

– E como!

– Com risco de ser preso?

– Fora o resto.

– Não foi homicídio!

– Ainda é cedo demais para falar essas coisas – retrucou McMurdo, com o ar de um homem que foi levado de surpresa a dizer mais do que pretendia. – Basta que saiba, por ora, que tive minhas próprias e fortes razões para sair de Chicago. Quem é você para se atrever a perguntar tais coisas?

Seus olhos cinzentos brilhavam, por detrás dos óculos, com súbita e perigosa raiva.

– Tudo bem, companheiro; não queria ofendê-lo. Os rapazes não vão pensar mal de você, por causa daquilo que você pode ter feito. Para onde pretende ir agora?

– Vermissa.

– É a terceira parada mais adiante. Onde vai se hospedar?

McMurdo tirou um envelope do bolso e o aproximou da fraca luz da lamparina.

– Aqui está o endereço – Jacob Shafter, Sheridan Street. É uma pensão que me foi recomendada por um homem que conheci em Chicago.

– Bem, não a conheço; Vermissa está fora de minha área de relacionamentos. Moro em Hobson's Patch e está aqui perto, a próxima parada. Mas, não leve a mal, há um pequeno conselho que gostaria de lhe dar antes de nos separarmos: se tiver problemas em Vermissa, vá imediatamente para a sede do Sindicato e procure o chefe McGinty. Ele é o grão-mestre da Loja de Vermissa e nada pode acontecer por esses lados, a menos que o "Negro" Jack McGinty o queira. Até logo, companheiro! Talvez nos encontremos na Loja, numa noite dessas. Mas lembre-se de minhas palavras: se estiver em apuros, vá ter com o chefe McGinty.

Scanlan desceu e McMurdo foi deixado uma vez mais entregue a seus pensamentos. A noite havia caído agora e as chamas das numerosas fornalhas crepitavam e dançavam na escuridão. Contra o fundo sombrio, silhuetas escuras se inclinavam e se soerguiam, se contorciam e se voltavam, com o movimento de guinchos e guindastes, ao ritmo de um eterno estrépito e rangido.

– Acho que o inferno deve ser algo assim – disse uma voz.

McMurdo voltou-se e viu que um dos policiais tinha trocado de assento e estava olhando para a vastidão de fogo.

– Quanto a isso – replicou o outro policial –, concordo que o inferno deve ser semelhante a isso. Se há demônios piores lá embaixo do que alguns que poderíamos citar, é mais do que eu haveria de esperar. Creio que você é novo por essas bandas, jovem?

– Bem, e o que há, se eu for? – respondeu McMurdo, num tom insolente.

– Só isso, senhor: gostaria de avisá-lo para tomar cuidado ao escolher seus amigos. Pessoalmente, não começaria por Mike Scanlan e pela gangue dele.

– Por que diabos quer saber quem são meus amigos? – rugiu McMurdo, num tom que fez com que todas as cabeças do vagão se voltassem para testemunhar a altercação. – Acaso pedi seu conselho ou achou que eu era tamanho trouxa que não pudesse me mover sem ele? Fale quando for solicitado e, por Deus, haveria de esperar por muito tempo, se fosse por mim!

Virou o rosto e arreganhou a boca para os policiais como um cão a rosnar. Os dois policiais, sérios e benévolos, ficaram espantados pela extraordinária veemência com que suas amigáveis palavras tinham sido rejeitadas.

– Ninguém quis ofendê-lo, forasteiro – falou um deles. – Era um aviso para seu próprio bem, vendo que, por sua aparência, é novo neste lugar.

– Sou novo neste lugar, mas não sou novo para vocês e para sua espécie! – gritou McMurdo, com fúria contida. – Acho que vocês são iguais em todos os lugares, distribuindo seus conselhos quando ninguém os pede.

– Talvez o vejamos mais vezes e em breve – disse um dos soldados da patrulha, com um sorriso. – Você é verdadeiramente um daqueles escolhidos a dedo, se não me engano.

– Estava pensando a mesma coisa – observou o outro. – Acho que vamos vê-lo de novo.

– Não tenho medo de vocês e nem pensem nisso! – gritou McMurdo. – Meu nome é Jack McMurdo. Se me quiserem, podem me encontrar na pensão de Jacob Shafter, na Sheridan Street, em Vermissa. Pois bem, não estou me escondendo de vocês, não é? De dia ou de noite, encaro qualquer um de vocês diretamente – não se enganem quanto a isso!

Houve um murmúrio de simpatia e admiração entre os mineiros diante da destemida conduta do recém-chegado, enquanto os policiais deram de ombros e recomeçaram a conversar entre si.

Poucos minutos mais tarde, o trem entrou na estação mal iluminada e grande parte dos passageiros desceu, pois Vermissa era a maior cidade da linha. McMurdo apanhou sua maleta de couro e estava prestes a dirigir-se para a escuridão, quando um mineiro se aproximou dele.

– Com os diabos, companheiro! Você sabe como falar com os tiras! – cumprimentou-o, num tom de voz respeitoso. – Foi fantástico ouvi-lo. Deixe-me levar sua maleta e vou lhe mostrar o caminho. Tenho de passar diante da pensão de Shafter para chegar à minha cabana.

Houve um coro de boas-noites amigáveis da parte dos outros mineiros, ao passarem pela plataforma. Antes que pusesse os pés na cidade, McMurdo, o turbulento, já se havia tornado uma personalidade em Vermissa.

A região tinha sido um lugar de terror; mas a cidade estava num estado ainda mais deprimente. Naquele vale havia, pelo menos, certa grandeza melancólica nas enormes fogueiras e nas nuvens de fumaça flutuante, enquanto a força e a indústria do homem encontravam monumentos apropriados nas colinas que ele havia despido com suas monstruosas escavações. Mas a cidade mostrava um sinistro nível de tosca feiura e esqualidez. A rua principal, por causa do tráfego, estava reduzida a uma pasta repugnante de neve lamacenta. As calçadas eram estreitas e irregulares. Os numerosos lampiões de gás serviam apenas para mostrar mais claramente uma longa fileira de casas de madeira, cada qual com sua varanda sobre a rua, desleixada e suja.

Ao se aproximarem do centro da cidade, o cenário era abrilhantado por uma fila de lojas bem iluminadas e, mais ainda, por um conjunto de bares e casas de jogo, onde os mineiros gastavam os salários ganhos a duras custas, mas generosos.

– Essa é a sede do Sindicato – disse o guia, apontando para um bar que se erguia quase com a dignidade de um hotel. – Jack McGinty é o chefe.

– Que espécie de homem é ele? – perguntou McMurdo.

– O quê? Nunca ouviu falar do chefe?

– Como poderia ter ouvido falar dele quando você sabe que sou um estranho por aqui?

– Bem, achava que o nome dele fosse bem conhecido em todo o país. Foi notícia nos jornais com bastante frequência.

– Por quê?

– Bem – o mineiro baixou a voz –, por causa daqueles negócios.

– Que negócios?

– Meu Deus! Você é esquisito, se posso dizê-lo sem ofender. Só há um tipo de negócios sobre o qual vai ouvir falar por esses lados e são os negócios dos Vingadores.

– Ora, parece-me que já li algo sobre os Vingadores em Chicago. Uma gangue de assassinos, não é?

– Psiu! Se tem amor à vida! – exclamou o mineiro, ainda alarmado, e olhando espantado para o companheiro. – Amigo, não vai viver muito tempo por esses lados se falar desse jeito na rua. Muitos já perderam a vida por muito menos.

– Bem, nada sei sobre eles. É apenas o que li.

– E eu não estou dizendo que não tenha lido a verdade. – O homem olhava ao redor nervosamente enquanto falava, perscrutando as sombras, como se temesse ver algum perigo à espreita. – Se matar é crime, então só Deus sabe quantos há. Mas não ouse pronunciar o nome de Jack McGinty em relação a isso, estrangeiro, pois todo cochicho chega aos ouvidos dele, e ele não é alguém que deixa passar batido. Veja, essa é a casa que procura, aquela que está um pouco afastada da rua. Vai conhecer o velho Jacob Shafter que a administra como um dos homens mais honestos desse distrito.

– Muito obrigado – disse McMurdo e, apertando a mão de seu novo amigo, caminhou vagarosamente, de maleta nas mãos, pela trilha que conduzia à casa e deu uma forte batida na porta.

Foi aberta imediatamente por alguém muito diferente do que ele esperava. Era uma mulher, jovem e singularmente bonita. Era de tipo germânico, loira, de cabelos claros, contrastando radicalmente com o lindo par de olhos negros, com os quais observava surpresa e agradavelmente embaraçada o forasteiro, o que trouxe uma onda de colorido nas pálidas faces dela. Emoldurado na luz brilhante da soleira da porta, parecia a McMurdo nunca ter visto quadro mais bonito e mais atraente por seu contraste com os sórdidos e melancólicos arredores. Uma delicada violeta crescendo sobre um daqueles negros montes de detritos das minas não poderia parecer mais surpreendente. Tão extasiado estava ele que ficou de pé olhando sem dizer palavra e foi ela que rompeu o silêncio.

– Pensei que fosse meu pai – disse ela com um leve e agradável toque de sotaque germânico. – Veio falar com ele? Está no centro da cidade. Deve estar de volta a qualquer momento.

McMurdo continuava a fitá-la, sem esconder a admiração, até que ela, confusa, baixou os olhos diante do visitante altivo.

– Não, senhorita – replicou ele, por fim –, não tenho pressa em falar com seu pai. Mas sua casa me foi recomendada como pensão. Achei que poderia me servir – e agora sei que deverá ser assim.

– É rápido em se decidir – comentou ela, sorrindo.

– Qualquer um, a não ser que seja cego, poderia fazer o mesmo – respondeu o outro.

Ela riu diante do cumprimento.

– Queira entrar, senhor – prosseguiu ela. – Sou a senhorita Ettie Shafter, filha de Jacob Shafter. Minha mãe morreu e eu tomo conta da casa. Pode sentar-se junto da lareira, na sala da frente, até meu pai chegar. Ah, aí vem ele! Desse modo, pode acertar tudo com ele imediatamente.

Um homem corpulento e idoso vinha caminhando vagarosamente pela trilha. Em poucas palavras, McMurdo se explicou. Um homem chamado Murphy lhe havia dado o endereço, em Chicago. Por sua vez, o havia recebido de outro. O velho Shafter logo resolveu tudo. O recém-chegado não fez objeção alguma quanto aos termos, logo concordou com todas as condições e parecia dispor de muito dinheiro. Por 7 dólares por semana, pagos antecipadamente, teria direito a cama e comida.

Foi assim que McMurdo, fugitivo confesso da Justiça, passou a residir sob o teto dos Shafter, primeiro passo que levaria a uma longa e tenebrosa série de acontecimentos, que haveriam de terminar numa terra distante.

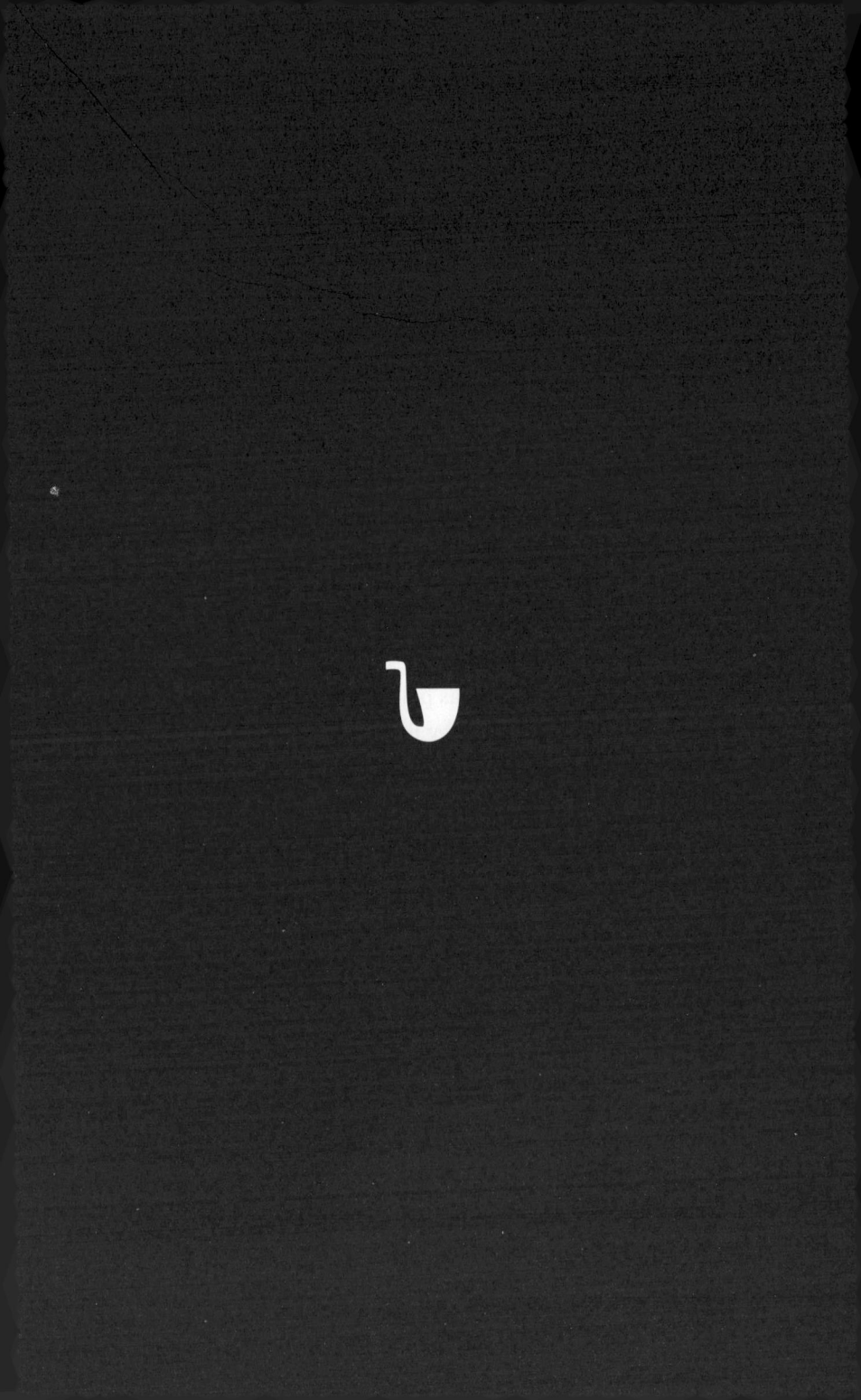

Capítulo II
O Grão-Mestre

McMurdo era um homem que despertava a atenção rapidamente. Onde quer que fosse, era o tipo que logo todos conheciam. Depois de uma semana, tornou-se, de longe, a pessoa mais importante da pensão Shafter. Havia dez ou doze pensionistas ali, mas eram feitores honestos ou empregados de lojas, de caráter bem diferente do jovem irlandês. À noite, quando todos se reuniam, a piada dele era sempre a mais pronta, sua conversa, a mais brilhante e sua canção, a melhor. Era um companheiro naturalmente alegre, com um magnetismo que deixava todos os circunstantes de bom humor.

Assim mesmo, mostrou repetidas vezes, como havia mostrado no vagão ferroviário, uma capacidade por súbita e feroz ira, que incutia respeito e até mesmo temor naqueles que o conheciam. Com relação à lei também, e com todos os que estavam ligados a ela, demonstrava um profundo desprezo, que tanto encantava alguns como assustava outros de seus colegas pensionistas.

Desde o início tornou evidente, por sua transparente admiração, que a filha do dono da pensão havia conquistado seu coação no próprio instante em que tinha posto seus olhos na beleza e graça dela. Ele não era um pretendente acanhado. No segundo dia, lhe confessou que a amava e desde então repetia a mesma história com total desconsideração para o que ela pudesse dizer para desencorajá-lo.

– Existe outro? – poderia ele perguntar. – Bem, pior para ele! Que se dane! Por acaso, sou alguém para perder a chance de minha vida e todo o desejo de meu coração em favor de outro? Você pode continuar dizendo não, Ettie, mas dia virá em que vai dizer sim; e eu sou bastante jovem para esperar.

Ele era um pretendente insinuante com sua lisonjeira fala irlandesa e com seus agradáveis modos de coação. Nele havia também aquele glamour de experiência e de mistério que atrai o interesse das mulheres e, finalmente, o amor delas. Podia falar dos encantadores vales do condado de Monaghan, de onde vinha, da graciosa ilha distante, das pequenas colinas e das verdejantes pradarias, que lhe pareciam as mais belas do mundo quando a imaginação as via a partir desse lugar de neve e sujeira.

Mais ainda, sabia descrever a vida nas cidades do norte, de Detroit, das áreas de madeiras de Michigan e, por fim, de Chicago, onde havia trabalhado numa serraria. E depois vinha a insinuação de romance, do sentimento de que coisas estranhas lhe tinham acontecido naquela grande cidade, tão estranhas e tão íntimas que não podiam ser reveladas. Falou ansiosamente de uma súbita partida, do rompimento de antigas ligações, de uma fuga para um mundo desconhecido, terminando nesse sombrio vale. E Ettie escutava, com seus olhos negros deixando transparecer pena e simpatia – duas qualidades que podem evoluir tão rápida e naturalmente para amor.

McMurdo tinha conseguido um emprego temporário como guarda-livros, pois era um homem instruído. Esse trabalho o ocupava a maior parte do dia e não tivera ainda ocasião de se apresentar ao chefe da Loja da Eminente Ordem dos Homens Livres. Foi relembrado de sua omissão, no entanto, por uma visita, à noite, de Mike Scanlan, o sujeito que havia encontrado no trem. Scanlan, homem baixo, de rosto pronunciado, nervoso, de olhos negros, parecia contente em vê-lo outra vez. Depois de um copo ou dois de uísque, revelou o objetivo de sua visita.

– Pois bem, McMurdo – disse ele –, relembrei seu endereço e tomei a liberdade de visitá-lo. Estou surpreso por não se ter apresentado ainda ao grão-mestre. Por que ainda não foi falar com o chefe McGinty?

– Bem, precisei arrumar um emprego. Tenho andado muito atarefado.

– Deve arranjar tempo para ele, se não tiver para ninguém mais. Meu Deus! Homem, você é louco por não ter ido registrar seu nome no Sindicato, logo na primeira manhã depois de chegar aqui! Se cair no desagrado dele... bem, não deve, é tudo!

McMurdo não se mostrou surpreso.

– Sou membro da Loja há mais de dois anos, Scanlan, mas nunca soube que esse dever fosse tão urgente.

– Talvez não em Chicago.

– Bem, aqui é a mesma sociedade.

– É?

Scanlan olhou para ele longa e fixamente. Havia algo de sinistro nos olhos dele.

– Não é?

– Você vai me dizer dentro de um mês. Fiquei sabendo que discutiu com os policiais, depois que eu desci do trem.

– Como soube disso?

– Oh! Por aí... As notícias correm depressa para o bem ou para o mal, nesse distrito.

— Bem, é verdade. Disse a esses cães o que pensava deles.
— Por Deus! Você é um homem de que McGinty vai gostar!
— Por quê? Ele também odeia a polícia?

Scanlan caiu na gargalhada
— Vá vê-lo, meu rapaz – recomendou ele, enquanto se despedia. — Não é a polícia, mas você será quem ele vai odiar, se não for até ele! Agora, aceite um conselho de amigo e vá de uma vez!

Aconteceu que, naquela mesma noite, McMurdo teve outro encontro mais urgente, que o impelia na mesma direção. Talvez porque suas atenções para Ettie se tivessem tornado mais evidentes ou porque tivessem gradualmente calado fundo no coração de sua hospedeira germânica, enfim, fosse o que fosse, o dono da pensão chamou o jovem para dentro de sua sala particular e foi direto ao assunto sem qualquer rodeio.

— Parece-me, senhor – disse ele –, que se interessa por minha filha. É verdade ou estou enganado?

— Sim, é isso mesmo – respondeu o jovem.

— Bem, quero lhe dizer precisamente agora que perde seu tempo. Há outro que chegou antes.

— Foi o que ela já me contou.

— Bem, pode ficar certo de que ela lhe disse a verdade. Mas ela lhe contou quem é ele?

— Não. Perguntei-lhe, mas ela não quis me revelar quem é.

— Diria que não se atreveu, moça danada! Talvez não quisesse amedrontá-lo.

— Amedrontar-me! – McMurdo ficou furioso num instante.

— Ah, sim, meu amigo! Não precisa ficar envergonhado por ter medo dele. É Teddy Baldwin.

— E que diabo é ele?

— Um dos chefes dos Vingadores.

— Vingadores! Já ouvi falar deles. É Vingadores aqui, Vingadores acolá e sempre em cochichos! Por que todos têm medo? Quem são esses Vingadores?

O dono da pensão baixou instintivamente a voz, como todos faziam ao falar dessa terrível sociedade.

– Os Vingadores – explicou ele – são a Eminente Ordem dos Homens Livres.

O jovem ficou olhando fixamente.

– Ora, eu mesmo sou membro dessa Ordem.

– Você! Se o soubesse, nunca o teria deixado entrar nesta casa!... Nem que me pagasse 100 dólares por semana.

– O que há de errado com a Ordem? Dedica-se à caridade e ao bom relacionamento entre os homens. É o que rezam os estatutos.

– Talvez em outros lugares; não aqui.

– Por que não aqui?

– Porque é uma sociedade criminosa; isso é o que ela é.

McMurdo riu incredulamente.

– Como pode provar isso? – perguntou ele.

– Provar isso! Não bastam 50 assassinatos para prová-lo? O que foi feito de Milman e de Van Shorst, da família Nicholson, do velho senhor Hyam, do pequeno Billy James e de tantos outros? Prove! Haverá um homem ou uma mulher nesse vale que não o saiba?

– Olhe aqui! – retrucou McMurdo, seriamente. – Quero que retire o que o senhor disse ou comprove que é verdade. Uma ou outra coisa deverá fazer antes que eu saia dessa sala. Coloque-se em meu lugar. Aqui estou eu, um estranho na cidade. Pertenço a uma sociedade que sei ser inofensiva. Vai encontrá-la disseminada por todos os Estados Unidos, mas sempre como inofensiva. Agora, quando me preparo para aderir a ela aqui, o senhor me diz que é a mesma sociedade, criminosa, conhecida com o nome de Vingadores. Creio que me deve desculpas ou uma explicação melhor, senhor Shafter.

– Só posso lhe dizer o que todo mundo sabe, senhor. Os chefes de uma são os chefes da outra. Se ofender uma, é a outra que vai castigá-lo. Já experimentamos isso por demais.

– Nada mais são que boatos. Quero provas! – insistiu McMurdo.

– Se permanecer por aqui por mais tempo, vai ter suas provas. Mas esqueço que você é um deles. Logo será tão mau como o resto. Mas deverá encontrar outros alojamentos, senhor. Não posso mantê-lo aqui. Já não basta que um daquela gente venha cortejar minha Ettie e que não me atreva a expulsá-lo daqui, para que me submeta a ter outro como meu hóspede? Sim, na verdade, não poderá mais dormir aqui depois dessa noite.

McMurdo se viu sob dupla sentença de banimento: tanto de seu confortável alojamento quanto da moça que amava. Encontrou-a sozinha na sala de estar naquela mesma noite e despejou seus problemas nos ouvidos dela.

– Sem dúvida, seu pai acaba de me pôr na rua – disse ele. – Não haveria de me afligir nem um pouco se fosse apenas meu quarto, mas, na verdade, Ettie, embora faça somente uma semana que a conheci, você é o próprio sopro de vida para mim e já não posso viver sem você!

– Oh! Não, senhor McMurdo, não fale assim! – retrucou a moça. – Já lhe disse, não foi, que chegou tarde demais? Há outro e, embora não tenha prometido casar-me com ele de imediato, o fato é que não posso me comprometer com ninguém mais.

– Suponha que eu tivesse sido o primeiro, Ettie; eu poderia ter uma chance?

A jovem escondeu o rosto nas mãos.

– Quisera Deus que o senhor tivesse sido o primeiro! – soluçou ela.

Num instante, McMurdo caiu de joelhos diante dela.

– Pelo amor de Deus, Ettie, fique firme! – exclamou ele. – Vai querer arruinar sua vida e a minha por causa dessa promessa?

Siga seu coração, ora! É um guia mais seguro do que qualquer promessa que pudesse ter feito.

Tomou as mãos brancas de Ettie entre as suas próprias, fortes e escuras.

– Diga que será minha e vamos enfrentar tudo isso juntos!

– Mas não aqui!

– Sim, aqui.

– Não, não, Jack! – Os braços dele a enlaçavam. – Não pode ser aqui. Não poderia me levar para outro lugar?

Uma luta perpassou por momentos no rosto de McMurdo; mas acabou se tornando rijo como granito.

– Não, aqui mesmo – insistiu ele. – Vou tê-la contra o mundo, Ettie, exatamente aqui onde estamos!

– Por que não vamos embora daqui juntos?

– Não, Ettie, não posso sair desse lugar.

– Mas por quê?

– Nunca mais andaria de cabeça erguida, se me sentisse expulso daqui. Além disso, ter medo de quê? Não somos pessoas livres, num país livre? Se nos amamos, quem ousará interpor-se?

– Você não sabe, Jack. Está aqui há pouco tempo e não conhece esse Baldwin. Não conhece McGinty e seus Vingadores.

– Não, não os conheço, não tenho medo deles e não acredito neles! – replicou McMurdo. – Vivi entre homens rudes, querida, e, em vez de ter medo deles, acabou que eram sempre eles que tinham medo de mim – sempre, Ettie. É loucura julgar pela aparência! Se esses homens, como seu pai diz, cometeram tantos crimes no vale e se todos os conhecem pelo nome, como se explica que nenhum deles foi levado à Justiça? Responda-me isso, Ettie!

– Porque nenhuma testemunha ousa depor contra eles. Não haveria de viver um mês, se o fizesse. E também porque eles têm sempre os próprios homens que juram que o acusado estava longe da cena do crime. Mas certamente, Jack, deve ter lido tudo isso. Ouvi dizer que todos os jornais dos Estados Unidos falavam a respeito.

– Bem, li alguma coisa, é verdade; mas eu pensava que eram histórias. Pode ser que esses homens tenham alguma razão em fazer o que fazem. Talvez se sintam injustiçados e não têm outro meio para se defender.

– Oh! Jack, não fale desse modo! É como ele fala... o outro!

– Baldwin... ele fala assim, é?

– E esse é o motivo por que o detesto tanto. Oh! Jack, agora posso lhe contar a verdade. Odeio-o de todo o coração, mas também tenho medo dele. Temo-o por mim, mas acima de tudo por causa de meu pai. Sei que uma grande tristeza recairia sobre nós, se eu ousasse dizer o que realmente sinto. É por isso que o tenho iludido com meias promessas. Na verdade transparente é que reside nossa única esperança. Se ao menos você quisesse fugir comigo, Jack, poderíamos levar meu pai conosco e viver para sempre longe do domínio desses homens perversos.

Mais uma vez houve uma luta que se refletia no rosto de McMurdo e, mais uma vez, tornou-se rijo como granito.

– Você não vai correr nenhum perigo, Ettie... nem seu pai. Quanto a homens perversos, espero que possa constatar que sou tão mau quanto o pior deles, antes de chegarmos ao fim dessa questão.

– Não, não, Jack! Confio em você em tudo e em qualquer lugar.

McMurdo riu amargamente.

– Meu Deus! Como sabe pouco a meu respeito! Sua alma inocente, minha querida, não pode sequer adivinhar o que está se passando na minha. Mas, olá, quem é o visitante?

A porta se abrira subitamente e um jovem sujeito veio entrando todo garboso e com ares de quem é o dono da casa. Era um jovem elegante, vistoso, de aproximadamente a mesma idade e estatura de McMurdo. Sob seu chapéu preto de abas largas, que não se dera ao trabalho de tirar, um belo rosto com olhos ferozes e dominadores e com um nariz curvado como o bico de um falcão olhava furiosamente para o par sentado ao lado da lareira.

Ettie tinha saltado de pé, totalmente confusa e alarmada.

– Fico contente em vê-lo, senhor Baldwin – falou ela. – Chegou mais cedo do que eu esperava. Queira sentar-se.

Baldwin ficou de pé, com as mãos apoiadas nos quadris, olhando para McMurdo.

– Quem é? – perguntou ele, bruscamente.

– Um amigo, senhor Baldwin, um novo hóspede. Senhor McMurdo, posso apresentar-lhe o senhor Baldwin?

Os dois jovens inclinaram a cabeça um para o outro, de forma rude.

– Talvez a senhorita Ettie lhe tenha contado sobre o que há entre nós – disse Baldwin.

– Não subentendi que houvesse qualquer relação entre vocês.

– Não? Bem, vai entendê-lo claramente agora. Fique sabendo por mim que esta jovem me pertence e pode constatar que é uma ótima noite para um passeio.

– Obrigado. Não tenho a menor vontade de passear.

– Não? – Os olhos selvagens do homem estavam brilhando de raiva. – Talvez tenha vontade de lutar, senhor hóspede?

– Para isso, tenho! – exclamou McMurdo, saltando de pé. – Nunca proferiu uma palavra mais bem-vinda.

– Pelo amor de Deus, Jack! Oh! Pelo amor de Deus! – exclamou a pobre e aflita Ettie. – Oh! Jack, Jack, ele vai machucá-lo!

– Oh! Já o chama de Jack, é? – exclamou Baldwin, soltando uma praga. – Já chegaram a esse ponto, não é?

– Oh! Ted, seja razoável... seja compreensivo! Por minha causa, Ted, se alguma vez já me amou, seja generoso e perdoe!
– Acho que, Ettie, se nos deixasse sozinhos, poderíamos liquidar essa questão – interveio McMurdo, calmamente. – Ou talvez, senhor Baldwin, poderia dar um passeio comigo pela rua. É uma noite esplêndida e há alguns terrenos baldios além do próximo quarteirão.
– Não vou precisar sujar as mãos para acertar as contas com você – retrucou o inimigo. – Haverá de lamentar o dia em que pôs os pés nesta casa, antes que eu acabe com você.
– Nenhum momento será mais oportuno que este – gritou McMurdo.
– Eu é que vou escolher meu próprio momento, senhor. Pode deixar o tempo comigo. Olhe aqui! – Arregaçando a manga de repente, mostrou no antebraço um sinal peculiar que parecia ter sido marcado a fogo. Era um círculo dentro de um triângulo. – Sabe o que isso significa?
– Não sei nem me interessa!
– Bem, vai sabê-lo. Prometo. E não deverá ser muito mais velho. Talvez a senhorita Ettie possa lhe contar a respeito. Quanto a você, Ettie, vai voltar para mim de joelhos. Ouviu, menina? De joelhos. E então lhe direi qual será o castigo. Você semeou... e, por Deus, vai ter de colher!
Furioso, fitou ambos. Então se virou e, um instante depois, a porta externa bateu atrás dele.
Por uns momentos, McMurdo e a moça ficaram em silêncio. Então ela se atirou nos braços dele.
– Oh, Jack, como foi corajoso! Mas é inútil, deve fugir! Hoje à noite, Jack, hoje à noite! É sua única esperança. Ele vai lhe tirar a vida. Pude ler isso nos terríveis olhos dele. Que chance você terá contra uma dúzia deles, com o chefe McGinty e todo

o poder da Loja atrás deles?

McMurdo soltou as mãos dela, beijou-a e delicadamente a puxou para uma cadeira.

– Aí, quieta, aí! Não se preocupe ou receie por mim. Eu mesmo sou um Homem Livre. Ainda há pouco o disse a seu pai. Talvez eu não seja melhor que os outros; por isso não faça de mim um santo. Talvez me odeie também, agora que lhe disse isso?

– Odiá-lo, Jack? Enquanto tiver vida, jamais o farei! Soube que não há nenhum mal em ser Homem Livre em qualquer outro lugar, mas aqui... Por que, pois, haveria de pensar o pior de você? Se realmente for um Homem Livre, Jack, por que não vai ter com o chefe McGinty e tornar-se amigo dele? Oh! Vá depressa, Jack, depressa! Fale com ele logo, antes que os cães estejam em seu encalço.

– Estava pensando a mesma coisa – disse McMurdo. – Vou agora mesmo e resolvo a questão. Pode dizer a seu pai que vou dormir aqui hoje e que amanhã pela manhã irei procurar outro alojamento.

O bar do estabelecimento de McGinty estava apinhado de gente, como sempre, pois era o local preferido de encontro dos piores elementos da cidade. O homem era popular, porque tinha uma rude e jovial disposição, que era sua marca, encobrindo muitas coisas por trás. Mas, à parte sua popularidade, o medo que incutia em todo o distrito, e até mesmo em todo o raio de 30 milhas vale abaixo e para além das montanhas circundantes, era suficiente para encher o bar, pois ninguém se permitiria estar de mal com ele.

Além desse poder secreto, que, todos acreditavam, exercia de maneira tão implacável, desempenhava uma prestigiada função pública, a de conselheiro municipal e de encarregado da conservação das estradas, eleito para esse cargo pelos votos dos patifes, que, por sua vez, esperavam receber favores das mãos dele. Impostos e taxas eram exorbitantes, os serviços públicos eram notoriamente negligenciados, as contas públicas eram maquiadas por auditores subornados, e o cidadão honesto era coagido pelo terror a pagar a extorsão pública e fechar a boca com medo de que o pior viesse a lhe acontecer.

É por isso que, ano após ano, os broches de diamante do chefão McGinty se tornavam mais refinados, as correntes de ouro mais pesadas, pendendo pelo colete mais deslumbrante, e o bar se ampliava sempre mais, até ameaçar absorver um lado inteiro da Praça do Mercado.

McMurdo deu um empurrão na porta vaivém do bar e abriu caminho entre a multidão de homens lá dentro, numa atmosfera saturada de fumaça de tabaco e pesada com o cheiro de bebida alcoólica. O local estava brilhantemente iluminado, e os enormes espelhos dourados, em cada parede, refletiam e multiplicavam a pomposa iluminação. Havia vários garçons de mangas arregaçadas, trabalhando freneticamente para servir bebidas aos ociosos clientes que se perfilavam à beira do largo balcão decorado de metal.

Na extremidade mais afastada, com o corpo apoiado no balcão e um charuto enfiado em ângulo agudo no canto da boca, via-se um homem alto, forte, corpulento, que não podia ser outro, senão o famoso McGinty. Era um gigante de cabeleira negra, com barba até as maçãs do rosto e com uma mecha de cabelo preto que lhe caía sobre o colarinho. Tinha a pele tão escura como a de um italiano e os olhos eram de uma estranha cor negra mortiça, que, combinada com um leve estrabismo, lhes conferiam uma aparência particularmente sinistra.

Tudo o mais no homem – suas nobres proporções, suas feições distintas e seu porte composto – se adequava com aquela maneira jovial e aberta que ele afetava. Aqui está, alguém poderia dizer, um sujeito honesto, cujo coração poderia ser generoso por mais rudes que suas palavras francas pudessem parecer. Somente quando aqueles olhos negros mortiços, profundos e desapiedados eram dirigidos a um homem que este estremecia, sentindo que estava frente a frente com uma infinita possibilidade de mal latente, incrementado por uma força, coragem e astúcia que o tornavam mil vezes mais letal.

Depois de olhar atentamente para esse homem, McMurdo abriu caminho a cotoveladas, com sua usual audácia descuidada, e avançou através do pequeno grupo de bajuladores que rodeava o poderoso chefão, rindo estrepitosamente a seus menores gracejos. Os audazes olhos cinzentos do forasteiro fitaram destemidamente os mortalmente negros do chefão, que se voltaram agudamente para ele.

– Bem, jovem, não me lembro de já tê-lo visto.

– Sou novo por aqui, senhor McGinty.

– Não é tão novo que não possa tratar um cavalheiro com o título apropriado.

– É conselheiro McGinty, jovem – disse uma voz do grupo.

– Lamento, conselheiro. Não estou acostumado aos hábitos do lugar. Mas fui aconselhado a vir vê-lo.

– Bem, está me vendo. E isso é tudo. Que acha de mim?

– Bem, ainda é cedo. Se, por acaso, seu coração for tão grande como seu corpo, e sua alma tão bela como seu semblante, então nada poderia ser melhor – disse McMurdo.

– Com os diabos! Você tem a língua comprida de um irlandês em sua cabeça! – exclamou o dono do bar, não sabendo ao certo se devia se indignar com esse audacioso visitante ou manter a dignidade. – Fala sério ao dizer que aprova minha aparência?

– Naturalmente! – replicou McMurdo.

– E lhe disseram que me procurasse?
– Exatamente.
– E quem lhe disse isso?
– O irmão Scanlan, da Loja 341, de Vermissa. Bebo à sua saúde, conselheiro, e à nossa melhor amizade. – Ele levou o copo, que lhe haviam servido, à boca e, ao beber, ergueu o dedo mínimo.

McGinty, que o esteve observando bem de perto, soergueu suas espessas sobrancelhas negras.

– Oh! Então é isso, é? – disse ele. – Terei de verificar isso mais de perto, senhor...

– McMurdo.

– Mais de perto, senhor McMurdo, pois não confiamos em ninguém por essas bandas nem acreditamos em tudo o que dizem. Venha cá para dentro, por um momento, atrás do bar.

Havia ali uma pequena sala, repleta de barris. McGinty fechou cuidadosamente a porta e então se sentou num dos barris, mastigando pensativo o charuto e inspecionando o companheiro com olhos inquietos. Ficou em total silêncio por uns dois minutos. McMurdo suportou tranquilamente a inspeção, com uma das mãos enfiada no bolso do casaco e a outra retorcendo o bigode castanho. Subitamente, McGinty se inclinou para a frente e sacou um revólver de aparência medonha.

– Olhe isso, seu gracejador – disse ele. – Se eu achasse que estava nos pregando uma peça, você não teria escapatória.

– É uma recepção bem estranha – replicou McMurdo, com certa dignidade – por parte do grão-mestre de uma Loja de Homens Livres a um irmão forasteiro.

– Sim, mas é precisamente isso que tem de provar – insistiu McGinty. – E Deus o ajude, se falhar. Onde foi iniciado?

– Na Loja 29, em Chicago.

– Quando?

– Em 24 de junho de 1872.
– Quem era o grão-mestre?
– James H. Scott.
– E quem é o dirigente do distrito?
– Bartholomew Wilson.
– Hum! Parece rápido e fluente em suas respostas. O que está fazendo aqui?
– Trabalhando, como o senhor. Mas num emprego mais humilde.
– Realmente, tem as respostas na ponta da língua.
– Sim. Sempre fui rápido na fala.
– E é também rápido ao agir?
– Tive essa fama entre aqueles que me conheciam melhor.
– Bem, podemos pô-lo à prova mais cedo do que pensa. Não ouviu falar nada sobre a Loja por aqui?
– Ouvi dizer que recruta homens para se tornarem irmãos.
– É verdade, senhor McMurdo. Por que deixou Chicago?
– Prefiro que me matem a dizê-lo.

McGinty abriu os olhos. Não estava acostumado a ser respondido dessa forma e isso o divertiu.

– Por que não quer me dizer?
– Porque um irmão não deve mentir a outro irmão.
– Então a verdade é cruel demais para ser contada?
– Pode pensar que é isso, se quiser.
– Veja bem, senhor, não pode esperar que eu, como grão-mestre, receba em minha Loja um homem por cujo passado ele não possa responder.

McMurdo olhou-o perplexo. Tirou, então, do bolso um recorte de jornal amarrotado.

– Haveria de delatar um irmão? – perguntou ele.
– Meto-lhe a mão na cara se dirigir essas palavras a mim – gritou McGinty, raivoso.

– Tem razão, conselheiro – disse McMurdo, mansamente. – Peço desculpas. Falei sem pensar. Bem, sei que estou seguro em suas mãos. Leia esse recorte.

McGinty passou os olhos sobre o relato do assassinato a tiros de um certo Jonas Pinto, no Lake Saloon, Market Street, Chicago, na semana do ano novo de 1874.

– Obra sua? – perguntou ele, ao devolver o recorte de jornal.

McMurdo acenou com a cabeça, confirmando.

– Por que o matou?

– Eu estava ajudando Tio Sam a fazer dólares. Talvez os meus não fossem de ouro tão refinado quanto os dele, mas eram perfeitos e mais baratos para fabricar. Esse Pinto me ajudava a empurrar adiante...

– A fazer o quê?

– Bem, a pôr os dólares em circulação. Então me disse que haveria de repartir os lucros. Talvez tenha chegado a dividi-los. Não esperei para ver. Matei-o e fugi para essa região carbonífera.

– Por que para a região do carvão?

– Porque li nos jornais que ninguém liga para a vida dos outros, por esses lados.

McGinty riu.

– Primeiro, foi um falsário, depois um assassino e vem para cá porque pensou que seria bem recebido.

– É mais ou menos isso – respondeu McMurdo.

– Bem, acho que vai longe. Diga-me, ainda consegue fazer esses dólares?

McMurdo tirou do bolso meia dúzia deles.

– Estes nunca passaram pela Casa da Moeda de Filadélfia – disse ele.

– Não me diga! – McGinty segurou-os contra a luz com sua enorme mão, peluda como a de um gorila. – Não vejo qualquer diferença! Caramba! Acredito que vai ser um irmão realmente útil! Precisamos agir com um ou dois homens dentre nós, amigo McMurdo, pois há momentos em que é necessário fazer nossa parte. Logo estaríamos contra a parede, se não revidássemos aos que nos atacam.

– Bem, creio que vou fazer minha parte em tratar com o resto dos rapazes.

– Parece ter nervos de aço. Nem se abalou quando lhe apontei este revólver.

– Não era eu quem corria perigo.

– Quem era, então?

– O senhor, conselheiro – McMurdo tirou uma pistola do bolso da jaqueta. – Eu o estava vigiando o tempo todo. Acredito que meu tiro teria sido tão rápido quanto o seu.

– Com os diabos! – McGinty ficou vermelho de raiva e depois explodiu numa sonora gargalhada. – Não, há muitos anos que não temos ao alcance da mão um demônio de seu tipo. Acredito que a Loja vai se orgulhar de você. Bem, que diabos você quer? Não posso falar a sós com um cavalheiro por cinco minutos, sem que você se intrometa?

O garçom ficou parado, confuso.

– Sinto muito, conselheiro, trata-se de Ted Baldwin. Diz que precisa lhe falar neste exato momento.

O recado era desnecessário, pois o rosto imóvel e cruel do homem estava olhando por cima dos ombros do criado. Empurrou o rapaz para o lado e fechou a porta atrás de si.

– Então – disse ele, lançando um olhar furioso a McMurdo –, você chegou primeiro, não é? Tenho algo a lhe dizer, conselheiro, a respeito desse homem.

– Diga-o, pois, aqui e agora, em minha presença – exclamou McMurdo.

– Vou dizê-lo quando me convier e de meu próprio jeito.

– Calma, calma! – interveio McGinty, levantando-se do barril. – Não é bem assim. Temos um novo irmão aqui, Baldwin, e não é delicado de nossa parte recebê-lo dessa maneira. Estenda sua mão e termine com isso!

– Nunca! – bradou Baldwin, furioso.

– Eu me ofereci para lutar com ele, caso pensasse que eu o havia ofendido – explicou McMurdo. – Posso lutar com os punhos ou, se isso não lhe agradar, posso fazê-lo de qualquer outro modo, à escolha dele. Agora, conselheiro, deixo a solução a seu critério, como compete a um grão-mestre.

– De que se trata, então?

– De uma jovem. Ela é livre para escolher quem quiser.

– É mesmo? – gritou Baldwin.

– Entre dois irmãos da Loja, diria que ela é livre – concluiu o chefe.

– Oh! Essa é sua regra, é?

– Sim, é, Ted Baldwin – retrucou McGinty, com um olhar maldoso. – Seria você a querer contestá-la?

– E o senhor despreza alguém que esteve a seu lado nesses últimos cinco anos para favorecer um homem que nunca viu na vida? Fique sabendo que não é grão-mestre vitalício, Jack McGinty, e, por Deus, nas próximas eleições...

O conselheiro saltou sobre Baldwin como um tigre. Agarrou-o pelo pescoço e o atirou de costas contra um barril. Em sua louca fúria o teria matado, se McMurdo não tivesse interferido.

– Calma, conselheiro. Pelo amor de Deus, vá devagar! – exclamou ele, enquanto o puxava para trás.

McGinty suspendeu o ataque, e Baldwin, assustado e ofegante, tremendo da cabeça aos pés, como alguém que tivesse antevisto a morte, sentou-se no barril contra o qual havia sido jogado.

— Você estava pedindo por isso há muito tempo, Ted Baldwin... Agora o tem! – gritou McGinty, com seu enorme peito arfando. – Talvez achasse que, se eu perdesse a eleição para o cargo de grão-mestre, você ficaria no meu lugar. Cabe à Loja decidir. Mas, enquanto eu for o chefe, ninguém haverá de levantar a voz contra mim ou contra minhas ordens.

— Nada tenho contra o senhor – murmurou Baldwin, apalpando o pescoço.

— Bem, então – exclamou o outro, retomando num momento seu tom de enganosa jovialidade –, vamos ser bons amigos novamente e terminemos com essa questão.

Tirou uma garrafa de champanhe da prateleira e fez a rolha saltar.

— Pois agora – continuou ele, ao encher três taças –, vamos beber em honra dos brigões da Loja. Depois disso, como sabem, não pode haver sangue ruim entre nós. Agora, com a mão esquerda sobre meu pomo de Adão, pergunto-lhe, Ted Baldwin: qual é a ofensa?

— As nuvens estão carregadas – respondeu Baldwin.

— Mas vão se dissipar para sempre!

— Eu juro!

Os três beberam e a mesma cerimônia se repetiu entre Baldwin e McMurdo.

— Muito bem! – exclamou McGinty, esfregando as mãos. – É o fim da exasperação dos ânimos. Se isso tornar a acontecer, vocês vão se ver com a disciplina da Loja, e essa tem mão pesada por essas bandas, como o irmão Baldwin já sabe. E você logo vai descobrir, irmão McMurdo, se criar desordens.

— Na verdade, vou me cuidar para não fazer isso – disse McMurdo e estendeu a mão a Baldwin. – Estou sempre pronto para brigar, mas também para perdoar. É meu sangue quente irlandês, me disseram. Por mim, tudo terminou e não guardo qualquer rancor.

Baldwin teve de aceitar a mão que McMurdo lhe estendia, pois o olhar maligno do terrível chefão estava fixo nele. Mas a expressão carrancuda de Baldwin demonstrava quão pouco as palavras do outro o haviam tocado.

McGinty deu umas amigáveis palmadas nos ombros de ambos.

– Calma! Essas meninas! Essas meninas! – exclamou ele. – Pensar que as mesmas saias poderiam se intrometer entre dois de meus rapazes! É coisa do próprio diabo! Bem, é a moça dentro delas que deve resolver a questão, pois isso foge da jurisdição de um grão-mestre – e que Deus seja louvado por isso! Já temos muito com que nos preocupar, sem ter mulheres de permeio. Você terá de filiar-se à Loja 341, irmão McMurdo. Temos nossos próprios meios e métodos, diferentes dos de Chicago. Nossa reunião será no sábado e, se comparecer, vamos proclamá-lo livre, para sempre, no Vale de Vermissa.

Capítulo III
Loja 341, Vermissa

No dia que se seguiu à noite de tantos acontecimentos inesperados, McMurdo se mudou da pensão do velho Jacob Shafter para a casa da viúva MacNamara, na extrema periferia da cidade. Scanlan, o primeiro conhecido a bordo do trem, se transferiu pouco tempo depois para Vermissa, e os dois passaram a morar na mesma pensão. Não havia outros pensionistas e a dona da casa era uma compreensiva velha irlandesa que deixava os dois à vontade; dessa forma, gozavam de plena liberdade para falar e agir, algo de todo conveniente para homens que tinham segredos em comum.

Shafter tinha abrandado sua intolerância, a ponto de deixar McMurdo tomar suas refeições na pensão, sempre que quisesse; dessa maneira, as relações com Ettie não haviam sido rompidas. Pelo contrário, tornaram-se mais próximas e íntimas, com o passar das semanas.

No quarto de sua nova habitação, McMurdo se sentiu seguro para desempacotar os moldes de cunhagem e, sob promessa de segredo, muitos irmãos da Loja tiveram permissão para entrar e vê-los, e cada um deles carregava no bolso alguns exemplares de moedas falsas, tão bem cunhadas que nunca houve a menor dificuldade ou perigo de passá-las adiante. Por que, dominando uma arte tão maravilhosa, McMurdo ainda continuava trabalhando num emprego fixo, era um perpétuo mistério para seus companheiros; embora ele deixasse bem claro para todos que, se vivesse sem nenhum meio visível para se sustentar, logo teria a polícia em seu encalço.

Na realidade, já havia um policial atrás dele; mas do incidente, por sorte, o jovem aventureiro auferiu mais benefícios que danos. Depois da primeira apresentação, eram poucas as noites em que não encontrasse meios de ir até o bar de McGinty, para estreitar os laços de amizade com "os rapazes", que era o título jovial que se davam reciprocamente os perigosos membros da gangue que infestava o lugar. As enérgicas maneiras e o destemor em falar fizeram dele o favorito entre todos; enquanto o rápido e sistemático modo com que ele eliminava seu antagonista num bar repleto de gente de todo tipo lhe angariava o respeito daquela rude comunidade. Um novo incidente, porém, elevou-o ainda mais alto no conceito geral.

Certa noite, exatamente na hora de maior movimento, a porta se abriu e entrou um homem, envergando o discreto uniforme azul e capacete da polícia das minas. Essa era uma corporação especial criada pelos proprietários das ferrovias e das minas de carvão para auxiliar a polícia civil oficial, que se reconhecia totalmente impotente diante do banditismo organizado que aterrorizava o distrito. Houve silêncio quando ele entrou e muitos olhares curiosos lhe foram dirigidos, mas as relações entre policiais e criminosos são peculiares em algumas partes dos Estados Unidos; e o próprio McGinty, de pé atrás do balcão, não se mostrou surpreso quando o policial se misturou com os demais clientes.

– Um uísque puro, pois a noite está gelada – pediu o policial.
– Acho que ainda não nos conhecemos, conselheiro.
– Você é o novo capitão? – perguntou McGinty.

– Isso mesmo. Contamos com o senhor, conselheiro, e com outros cidadãos influentes, para nos ajudar a manter a ordem e a lei nessa municipalidade. Capitão Marvin é meu nome.

– Agiríamos melhor sem vocês, capitão Marvin – observou McGinty, friamente –, pois temos nossa própria polícia da municipalidade e não necessitamos de importados. O que são vocês senão o instrumento pago pelos capitalistas, contratados por eles para bater ou atirar em seus cidadãos mais pobres?

– Bem, bem, não vamos discutir sobre isso – retrucou o policial, bem-humorado. – Espero que todos nós vamos cumprir nosso dever, sob o prisma que o vemos; mas não podemos vê-lo todos da mesma maneira. – Já havia esvaziado o copo e se preparava para sair quando seus olhos deram com Jack McMurdo, que estava a seu lado, carrancudo. – Olá! Olá! – exclamou ele, olhando-o de alto a baixo. – Aqui está um velho conhecido!

McMurdo se afastou dele.

– Nunca fui seu amigo nem de qualquer outro maldito tira em minha vida – disse ele.

– Um conhecido nem sempre é um amigo – replicou o capitão, sorrindo. – Você é Jack McMurdo, de Chicago, com toda a certeza, e não tem como negá-lo.

McMurdo deu de ombros.

– Não o estou negando – retrucou ele. – Pensa que me envergonho de meu próprio nome?

– De qualquer modo, tem bons motivos para se envergonhar.

– Que diabos quer dizer com isso? – berrou ele, de punhos fechados.

– Não, não, Jack, bravatas não funcionam comigo. Estive no serviço da polícia de Chicago antes de vir para essa maldita mina de carvão e reconheço um trapaceiro de Chicago, mal o vejo.

O rosto de McMurdo se alterou.

– Não me diga que é o Marvin da polícia central de Chicago?

– exclamou ele.

– Precisamente o mesmo e velho Teddy Marvin, a seu serviço. Não esquecemos ainda o assassinato de Jonas Pinto.

– Nunca atirei nele.

– Não mesmo? É um bom testemunho imparcial, não é? Bem, a morte dele foi singularmente cômoda para você, caso contrário, teria sido preso por fazer circular moeda falsa. Está bem, vamos esquecer o passado, porque, entre você e eu – e talvez esteja ultrapassando meu dever ao dizê-lo – eles não conseguiram reunir provas suficientes contra você e pode voltar tranquilamente para Chicago amanhã mesmo.

– Eu me sinto muito bem onde estou.

– Bem, eu lhe dei uma sugestão e você não passa de um intransigente por não me agradecer.

– Bem, suponho que o tenha feito honestamente e por isso lhe agradeço – disse McMurdo, de uma forma pouco gentil.

– Quanto a mim, vou permanecer calado, desde que veja que você está levando a vida corretamente – disse o capitão. – Mas, por Deus, se sair da linha, é outra história! Pois bem, boa noite para você... e boa noite, conselheiro.

Ele deixou o bar, mas não antes de ter criado um herói local. Os feitos de McMurdo na distante Chicago tinham sido comentados antes, aos sussurros. Ele havia usado de evasivas para todas as perguntas com um sorriso, como alguém que não desejava ser visto com grandeza. Mas agora o fato era oficialmente confirmado. Os clientes do bar se amontoavam em torno dele e lhe apertavam cordialmente a mão. A partir desse momento, teria todo o apoio da comunidade. Ele podia beber muito e não sentir demasiadamente seus efeitos; mas naquela noite, se o companheiro Scanlan não estivesse por perto para levá-lo para casa, o festejado herói certamente teria passado a noite dentro do bar.

Num sábado à noite, McMurdo foi admitido na Loja. Ele pensara que se filiaria sem cerimônia alguma, visto que já tinha sido iniciado em Chicago; mas em Vermissa havia ritos especiais, dos quais eles se orgulhavam e aos quais todo postulante deveria se submeter. A assembleia se reuniu no vasto salão do Sindicato, reservado para esse propósito. Estavam presentes uns 60 membros, embora esse número não representasse, de modo algum, a força máxima da organização em Vermissa, pois havia várias outras Lojas disseminadas pelo vale e outras pelas montanhas circundantes; essas trocavam membros quando qualquer problema mais sério se apresentava, de modo que um crime poderia ser cometido por indivíduos estranhos à localidade. No total, havia não menos de 500 filiados espalhados pelo distrito carbonífero.

Na desguarnecida sala de reuniões, os homens se aglomeraram em torno de uma longa mesa. Ao lado, havia outra repleta de garrafas e copos, para a qual alguns membros da sociedade já voltavam seus olhos. McGinty ocupava a cabeceira, com um gorro de veludo negro sobre a mecha entrançada de seus cabelos pretos, e usava uma estola cor púrpura ao pescoço, o que lhe conferia o aspecto de um sacerdote presidindo algum ritual satânico. À direita e à esquerda dele estavam os altos graduados da Loja, entre os quais, o rosto cruel e atraente de Ted Baldwin. Cada um deles ostentava uma faixa ou um medalhão como emblema de seu cargo.

Eram homens, em sua maioria, de idade madura, mas o resto do grupo consistia de jovens camaradas de 18 a 25 anos de idade, capazes agentes sempre prontos a cumprir as ordens dos mais velhos. Entre estes, havia muitos cujas feições revelavam uma alma sanguinária e sem lei; mas, olhando para os novos recrutas, era difícil acreditar que esses ávidos e bem dispostos jovens constituíssem, na verdade, uma perigosa gangue de assassinos, cujas mentes tinham sofrido tão completa perversão moral que eles mostravam um horroroso orgulho por sua competência em matar e olhavam com a mais profunda admiração para o homem que tinha a reputação de fazer o que eles chamavam de "um trabalho limpo".

Para a mente corrompida deles, havia se tornado um ato corajoso e cavalheiresco o fato de se oferecerem espontaneamente para eliminar uma pessoa que nunca lhes fizera mal e que, em muitos casos, nunca tinham visto na vida. Uma vez cometido o crime, discutiam entre si para saber quem havia dado o tiro fatal e divertiam a todos descrevendo os gritos e as contorções da vítima.

De início, costumavam manter certo sigilo em suas maquinações, mas no período que esta narrativa descreve seus procedimentos eram extraordinariamente abertos, pois as repetidas falhas da lei lhes provaram que, de um lado, ninguém haveria de ousar testemunhar contra eles e, de outro, eles tinham um número ilimitado de confiáveis testemunhas com quem poderiam contar e um cofre bem recheado, do qual poderiam retirar os fundos para contratar o mais talentoso advogado da região. Em dez longos anos de violência, não houve uma única condenação e o único perigo que ameaçava os Vingadores provinha da própria vítima – que, cercada e tomada de surpresa, poderia deixar, e ocasionalmente deixava, sua marca nos assaltantes.

McMurdo havia sido avisado de que deveria se submeter a uma prova, mas ninguém sabia lhe dizer em que consistia. Foi levado para uma sala anexa, por dois irmãos de aspecto solene. Através do tabique de madeira, podia ouvir o murmúrio de muitas vozes provenientes da assembleia. Uma ou duas vezes ouviu mencionar seu nome e compreendeu que discutiam sua candidatura. Então entrou um guarda interno com uma faixa verde-ouro atravessada no peito.

— O grão-mestre ordena que o façam entrar amarrado e de olhos vendados – disse ele.

Três deles lhe tiraram o casaco, lhe arregaçaram a manga da camisa do braço direito e, finalmente, lhe passaram uma corda acima dos cotovelos e a apertaram. Em seguida, lhe enfiaram um grosso capuz negro na cabeça até a parte superior do rosto, de modo que nada podia ver. Então foi conduzido para a sala da assembleia.

Estava em total escuridão e sufocado sob o capuz. Ouvia os sussurros das pessoas ao redor dele, e então a voz de McGinty ressoou fraca e distante através do tecido que lhe cobria os ouvidos.

— Jack McMurdo – disse a voz –, você já é membro da Antiga Ordem dos Homens Livres?

Ele se inclinou, assentindo.

— Sua Loja é a número 29, de Chicago?

Ele se inclinou novamente.

— Noites escuras são desagradáveis – proferiu a voz.

— Sim, para os estranhos viajarem – respondeu ele.

— As nuvens estão carregadas.

— Sim, aproxima-se uma tempestade.

— Os irmãos estão satisfeitos? – perguntou o grão-mestre.

Ouviu-se um murmúrio geral de confirmação.

— Sabemos, irmão, por sua senha e contrassenha, que é, de fato, um dos nossos – disse McGinty. – Queremos que saiba, porém, que, nesse condado como em outros condados dessa região, temos certos ritos e também certos deveres peculiares que requerem homens valorosos. Está pronto para ser submetido à prova?

— Estou.

— Tem coração forte?

— Tenho.

— Dê um passo à frente para prová-lo.

Enquanto eram proferidas essas palavras, ele sentiu duas

pontas duras diante dos olhos, pressionando-os de tal modo que não poderia pender para a frente sem correr o risco de perdê-los. Não obstante, reuniu forças para dar resolutamente um passo adiante e, ao fazê-lo, a pressão desapareceu. Houve um murmúrio surdo de aplausos.

– Tem um coração forte – confirmou a voz. – Pode suportar a dor?

– Tão bem quanto qualquer outro – respondeu ele.

– Submetam-no à prova!

Tudo o que pôde fazer foi conter-se para não gritar, pois uma dor lancinante lhe atravessava o antebraço. Por pouco não desmaiou com o súbito impacto, mas mordeu os lábios e fechou os punhos para esconder o sofrimento.

– Posso suportar mais que isso – disse ele.

Dessa vez, os aplausos foram estrondosos. Nunca houvera uma primeira apresentação mais admirável na Loja. Não poucas mãos lhe batiam nas costas e o capuz foi retirado da cabeça. Ele ficou piscando ante a luz e sorrindo entre as congratulações dos irmãos.

– Uma última palavra, irmão McMurdo – continuou McGinty. – Você já pronunciou o juramento de sigilo e fidelidade e sabe que a punição, por qualquer quebra desse juramento, é a morte imediata e inevitável?

– Sei – respondeu McMurdo.

– E aceita a regra do grão-mestre em qualquer circunstância?

– Aceito.

– Então, em nome da Loja 341, de Vermissa, eu o acolho para compartilhar dos privilégios dela e para participar dos debates que nela se realizam. Ponha as bebidas na mesa, irmão Scanlan, e vamos brindar à saúde de nosso digno irmão.

Tinham trazido o casaco de McMurdo, mas antes de vesti-lo ele examinou o braço direito, que ainda doía intensamente. Na carne viva do antebraço, estava gravado um triângulo dentro de um círculo, profundo e rubro, como o tinha deixado o ferro em brasa. Alguns dos irmãos mais próximos arregaçaram as mangas e mostraram as próprias marcas da Loja.

– Todos nós a temos – falou um deles –, mas nem todos a receberam com tanta bravura como você.

– Calma! Não é nada – disse ele, mas queimava e doía da mesma forma.

Quando a comemoração com bebida, que se seguia à cerimônia de iniciação, terminou, prosseguiu-se com os trabalhos da Loja. McMurdo, acostumado tão somente às atividades prosaicas de Chicago, ouvia atentamente, e mais surpreso do que se aventurava demonstrar, o que se segue adiante.

– O primeiro assunto da ordem do dia – iniciou McGinty – consiste na leitura da seguinte carta do Chefe de Divisão Windle, da Loja 249, do condado de Merton. Diz ele:

"Prezado Senhor

Há um trabalho a executar com relação a Andrew Rae, da empresa Rae Sturmash, proprietária de minas de carvão próximas desse local. Deverá lembrar-se de que sua Loja está em débito conosco, uma vez que dispôs do serviço de dois de nossos irmãos no caso do policial de ronda, no último outono. Peço-lhe que nos envie dois homens capazes, que ficarão às ordens do tesoureiro Higgins, desta Loja, cujo endereço é de seu conhecimento. Ele lhes dirá quando e onde devem agir. Seu irmão na liberdade. J. W. Windle, C. D. A. O. H. L."

– Windle nunca se recusou a nos ajudar quando tivemos necessidade de lhe pedir o empréstimo de um ou dois homens e não é o caso agora de deixar de atendê-lo – McGinty fez uma pausa e percorreu a sala com seus olhos sombrios e malévolos.

– Quem se oferece espontaneamente para o trabalho?

Diversos jovens levantaram a mão. O grão-mestre fitou-os com um sorriso de aprovação.

– Você, Tiger Cormac. Se você se sair tão bem como da última vez, não será esquecido. E você, Wilson.

– Não tenho revólver – disse o voluntário, um rapaz de menos de 20 anos.

– É sua primeira, não é? Bem, mais cedo ou mais tarde deveria ter o batismo de sangue. Será um ótimo começo para você. Quanto ao revólver, vai encontrá-lo à sua espera. Se estiverem prontos na segunda-feira, será mais que suficiente. Terão uma grande recepção, ao regressarem.

– Nenhuma recompensa dessa vez? – perguntou Cormac, um jovem corpulento, de rosto sombrio e aspecto desumano, cuja ferocidade lhe valera o apelido de "Tiger".

– A recompensa não importa. Vocês o fazem precisamente pela honra da Ordem. Talvez possa haver, depois de executado o serviço, alguns dólares extras no fundo da caixa.

– O que fez o homem? – perguntou o jovem Wilson.

– Certamente não lhe compete perguntar o que o homem fez. Foi julgado lá por eles. Não é coisa que nos interesse. Tudo o que temos a fazer é levar a cabo a missão por conta deles, como eles fariam por nós. Falando disso, dois irmãos da Loja de Merton vão estar entre nós na próxima semana, para realizar um trabalho nesta região.

– Quem são? – perguntou alguém.

– Na verdade, é mais sensato não perguntar. Se não souber nada, não poderá testemunhar nada e não terá problema algum. Mas eles são homens que sabem fazer um trabalho limpo quando for o caso.

– Até que enfim! – exclamou Ted Baldwin. – Há gente escapando de nosso controle por essas bandas. Ainda na semana passada, três de nossos homens foram despedidos pelo capataz Blaker. Há muito que ele o merece e vai tê-lo, completo e apropriado.

– Vai ter o quê? – sussurrou McMurdo a seu vizinho.

– O assunto se resolve com um cartucho de chumbo grosso! – exclamou o homem, com uma sonora gargalhada. – Que acha de nossos métodos, irmão?

A alma criminosa de McMurdo parecia já ter absorvido o espírito da infame sociedade, da qual ele era membro agora.

– Gosto muito disso – disse ele. – É o lugar apropriado para um rapaz de valor.

Vários daqueles que estavam derredor ouviram as palavras dele e aplaudiram.

– O que é isso? – gritou o grão-mestre de juba negra, da extremidade da mesa.

– É nosso novo irmão, senhor, que considera nossos métodos do agrado dele.

McMurdo se pôs de pé por um instante.

– Gostaria de dizer, eminente grão-mestre, que, se um homem for procurado, me sentiria honrado em ser escolhido para ajudar a Loja nessa missão.

Houve grande aplauso. Tinha-se a sensação de que um novo sol despontava no horizonte. Para alguns dos mais idosos, parecia que a progressão era demasiado rápida.

– Desejaria sugerir – interveio o secretário Harraway, um velho de cara de abutre e de barba grisalha, sentado perto do presidente – que o irmão McMurdo aguardasse até que a Loja decida servir-se dele.

– Era certamente o que pretendia dizer; estou em suas mãos – replicou McMurdo.

– Sua hora vai chegar, irmão – falou o presidente. – Já o distinguimos como homem voluntarioso e acreditamos que vai fazer um bom trabalho por esses lados. Há uma pequena missão hoje à noite, da qual poderá tomar parte, se quiser.

– Vou esperar por algo de mais importante.

– De qualquer modo, pode vir hoje à noite e isso vai ajudá-lo a conhecer nossos propósitos nesta comunidade. Farei a comunicação mais tarde. Entrementes – consultou rapidamente a ordem do dia –, tenho mais um ou dois pontos a apresentar à assembleia. Em primeiro lugar, pedirei ao tesoureiro que nos informe sobre nosso saldo bancário. E há a pensão para a viúva de Jim Carnaway. Foi abatido enquanto prestava serviços à Loja e cabe a nós providenciar para que não passe necessidade.

– Jim levou um tiro fatal no mês passado quando eles tentavam matar Charles Wilcox, de Marley Creek – informou o vizinho a McMurdo.

– Neste momento, a situação financeira é boa – disse o tesoureiro, com o caderno de controle bancário aberto diante dele. – As firmas têm sido generosas nos últimos tempos. A Max Linder Company pagou 500 dólares para não ser incomodada. A empresa Walker Brothers enviou 100; mas decidi restituí-los e pedir que nos mande 500. Se não receber resposta até quarta-feira, seu equipamento rotativo poderá ficar inutilizado. No ano passado, tivemos de queimar o triturador mecânico dela, para induzi-la a ser razoável. Por outro lado, a West Section Coaling Company pagou sua contribuição anual. Temos o suficiente em nosso poder para fazer frente a qualquer obrigação.

– E que nos diz de Archie Swindon? – perguntou um irmão.

– Liquidou tudo e abandonou o distrito. O velho diabo nos deixou um recado para nos dizer que preferia ser um varredor de ruas livre em Nova Iorque do que um proprietário de uma grande mina sob o domínio de um bando de chantagistas. Com os demônios! Teve sorte em desaparecer antes que o bilhete chegasse às nossas mãos! Creio que nunca mais vai mostrar seu rosto neste vale.

Um homem idoso, bem barbeado, de rosto amável e de fisionomia tranquila, se levantou, na outra ponta da mesa, defronte do presidente.

– Senhor tesoureiro – disse ele –, posso lhe perguntar quem comprou a propriedade desse homem que banimos do distrito?

– Sim, irmão Morris. Foi adquirida pela State Merton County Railroad Company.

– E quem comprou as minas de Todman e de Lee que foram postas no mercado pelo mesmo motivo, no ano passado?

– A mesma companhia, irmão Morris.

– E quem adquiriu as metalúrgicas de Manson, de Shuman, de Van Dher e de Atwood, que também foram abandonadas ultimamente?

– Todas elas foram compradas pela West Gilmerton General Mining Company.

– Não vejo, irmão Morris – interrompeu o presidente –, por que haveria de nos interessar quem as compra, desde que ninguém possa levá-las para fora do distrito.

– Com todo o respeito, eminente grão-mestre, julgo que nos interessa sobremaneira. O processo tem se manifestado no decorrer de dez longos anos. Nós estamos afastando gradualmente os pequenos comerciantes. Qual é o resultado? No lugar deles, encontramos grandes companhias, como a Railroad ou a General Iron, que têm seus diretores em Nova Iorque ou na Filadélfia e não se importam com nossas ameaças. Podemos envolver a nosso favor seus chefes locais, mas isso significa apenas que outros virão ocupar seus postos. E estamos tornando a situação perigosa para nós próprios. Os pequenos proprietários não podiam nos prejudicar. Não tinham nem dinheiro nem poder para tanto. Desde que não os sugássemos demasiadamente, continuariam sob nosso domínio. Mas, se essas grandes companhias descobrirem que nos interpomos entre elas e seus lucros, não pouparão esforços e despesas para nos caçarem e nos levarem aos tribunais.

A essas palavras agourentas, seguiu-se um silêncio e todos os rostos se anuviaram, enquanto olhares soturnos eram trocados. Tão onipotentes e impunes tinham sido até então que não lhes passava pela cabeça que pudesse haver uma possível retribuição a tudo isso. Mesmo assim, a ideia causou um arrepio até nos mais indiferentes deles.

– Sou de opinião – continuou o orador – que devemos ser mais brandos com os pequenos proprietários. No dia em que todos eles forem banidos, o poder de nossa sociedade terá sido aniquilado.

A verdade nua e crua nunca é bem-vinda. Houve raivosos protestos enquanto o orador retomava seu assento. McGinty se levantou de cara fechada.

– Irmão Morris – disse ele –, você sempre foi um pessimista. Enquanto os membros desta Loja se mantiverem unidos, não há força nos Estados Unidos que possa atingi-los. Não temos, por acaso, demonstrado isso seguidamente nos tribunais? Espero que as grandes companhias vejam que é mais fácil pagar do que lutar, como fazem as pequenas. E agora, irmãos – McGinty tirou o gorro de veludo preto e a estola enquanto falava –, esta Loja terminou os trabalhos da noite, com exceção de um pequeno assunto, que será mencionado quando partirmos daqui. E agora chegou o momento de bebermos fraternalmente e ouvirmos um pouco de música.

Bem estranha é, na verdade, a natureza humana. Encontravam-se ali esses homens, para quem o crime era familiar, que repetidas vezes haviam abatido o pai de família, alguém contra o qual não nutriam o menor rancor pessoal, sem a mais leve sombra de remorso ou de compaixão pela dolente viúva ou pelos filhos desamparados e, ainda assim, a delicadeza e a emoção da música eram capazes de levá-los às lágrimas. McMurdo possuía uma bela voz de tenor e, se já não tivesse angariado a estima da Loja, ninguém mais a teria negado depois que os emocionou cantando *I'm sitting on the Stile, Mary* e *On the Banks of Allan Water*.

Nessa sua mesma primeira noite, o novo recruta se havia tornado um dos mais populares dentre os irmãos e já era apontado para o acesso a um alto cargo. Havia, porém, outras qualidades necessárias, além daquelas de boa camaradagem, para se tornar um digno Homem Livre e, dessas, ele recebera um exemplo antes de terminar a reunião. A garrafa de uísque já tinha dado muitas vezes a volta da mesa, e os homens estavam com os rostos vermelhos e prontos para maldades, quando o grão-mestre se levantou uma vez mais para lhes dirigir a palavra.

– Rapazes – disse ele –, há um homem nesta cidade que necessita de uma lição e cabe a vocês tomar providências para que a receba. Estou falando de James Stanger, do *Herald*. Já viram como ele passou a abrir a boca novamente contra nós?

Houve um murmúrio de assentimento, com muitas pragas proferidas em sussurros. McGinty tirou um recorte de jornal do bolso do colete.

"LEI E ORDEM!" – é assim que intitula o artigo.

"REINO DO TERROR NO DISTRITO DO CARVÃO E DO FERRO"

Doze anos já se passaram desde os primeiros assassinatos que provaram a existência de uma criminosa organização entre nós. A partir dessa data, esses abusos nunca cessaram e agora alcançaram o auge, o que nos torna o opróbrio do mundo civilizado. É para esses resultados que nossa grande nação acolhe em seu seio os estrangeiros que fogem do despotismo da Europa? É para que eles próprios se transformem em tiranos dos cidadãos que lhes deram abrigo e para que se instaure um estado de terrorismo e de ilegalidade sob a própria sombra das sagradas dobras da estrelada Bandeira da Liberdade, que haveria de infundir horror em nossas mentes, como sabemos existir na mais estéril monarquia do leste? Os homens são conhecidos. A organização é patente e pública. Até quando iremos suportar isso? Podemos viver para sempre..."

— Certamente, já li bastante dessa sujeira! — exclamou o presidente, jogando o papel em cima da mesa. — Isso é o que ele diz de nós. A pergunta que vou lhes fazer é: o que vamos dizer a ele?

— Matá-lo! — gritou uma dúzia de vozes furiosas.

— Protesto contra isso — interveio o irmão Morris, o homem de cabeça tranquila e de rosto barbeado. — Digo-lhes, irmãos, que nossa mão é pesada demais nesse vale e que haverá de se chegar a um ponto em que, em autodefesa, todos vão se unir para nos esmagar. James Stanger é um homem idoso. É respeitado na cidade e no distrito. O jornal dele defende tudo o que é sólido no vale. Se esse homem for morto, haverá uma revolta em todo este Estado, que só terminará com nossa destruição.

— E como vão fazer para nos levarem à destruição, senhor Frouxo? — gritou McGinty. — Com a polícia? Certamente, metade dela está em nosso soldo e a outra metade tem medo de nós. Ou será com a ajuda dos tribunais e dos juízes? Já não experimentamos isso antes e o que resultou disso?

— O juiz Lynch talvez venha a julgar o caso — disse o irmão Morris.

Um grito generalizado de raiva acolheu a sugestão.

— Basta que eu levante um dedo — exclamou McGinty — e posso dispor de 200 homens nessa cidade, que haveriam de limpá-la de ponta a ponta. — Depois, erguendo subitamente a voz e arqueando as espessas sobrancelhas negras num terrível franzimento, continuou: — Preste atenção, irmão Morris, estou de olho em você, e já faz tempo! Você não tem coragem e procura tirá-la dos que a têm. Será um dia azarado para você, irmão Morris, aquele em que seu próprio nome figurar em nossa ordem do dia e estou pensando que é justamente nela que devo colocá-lo.

Morris ficou mortalmente pálido, e os joelhos parecia que cederam ao fazê-lo cair sentado na cadeira. Levantou o copo com a mão trêmula e bebeu antes de poder responder.

– Peço-lhe desculpas, eminente grão-mestre, bem como a todos os irmãos desta Loja, se disse mais do que deveria. Sou um membro fiel – todos sabem disso – e apenas receio que o pior possa acontecer com esta Loja; é o que me leva a falar com profunda ansiedade. Mas deposito mais fé em seu julgamento que no meu, eminente grão-mestre, e prometo não tornar a ofender.

O semblante carregado do grão-mestre se desanuviou ao ouvir essas humildes palavras.

– Muito bem, irmão Morris. Eu mesmo haveria de lamentar se tivesse necessidade de lhe dar uma lição. Mas, enquanto eu estiver neste posto, seremos uma Loja unida, em palavras e em ações. E agora, rapazes – continuou ele, olhando em volta para todos –, direi apenas que, se Stanger receber o castigo merecido, não teremos mais problemas do que os inevitáveis. Esses jornalistas são unidos e todos os jornais dos Estados Unidos haveriam de exigir a proteção da polícia e do exército. Acho, porém, que se pode fazer uma advertência bastante severa a esse sujeito. Pode se encarregar disso, irmão Baldwin?

– Com certeza! – respondeu o jovem, zelosamente.

– De quantos vai precisar?

– De meia dúzia e mais dois, para vigiar a porta. Venha você, Gower, e você, Mansel, e você, Scanlan, e os dois Willaby.

– Prometi que o novo irmão também iria – falou o presidente.

Ted Baldwin fitou McMurdo com olhos que demonstravam que não tinha esquecido nem perdoado.

— Bem, pode vir, se quiser — disse ele, com voz aborrecida. — É o que basta. Quanto mais cedo nos pusermos a trabalhar, melhor.

A assembleia se dissolveu entre gritos, alaridos e cantos de bêbados. O bar estava repleto ainda de farristas, e muitos dos irmãos permaneceram ali. O pequeno grupo que havia sido escolhido para a tarefa saiu à rua, prosseguindo em dois ou três pela calçada, a fim de não chamar a atenção. Era uma noite tremendamente fria, e uma meia-lua cintilava luminosa num céu gelado e pontilhado de estrelas. Os homens pararam e se reuniram num pátio, defronte de um prédio alto. O letreiro "Vermissa Herald" aparecia em caracteres dourados entre as janelas bem iluminadas. Do interior, provinha o ruído da máquina impressora.

— Você, aqui! — ordenou Baldwin a McMurdo. — Pode ficar aqui embaixo perto da porta e ver se a rua está livre para nós. Arthur Willaby poderá ficar com você. Os outros que me acompanhem. Não tenham medo, rapazes, pois temos uma dúzia de testemunhas para provar que, neste momento, estamos no bar do Sindicato.

Era quase meia-noite e a rua estava deserta, salvo um ou dois farristas a caminho de casa. O grupo atravessou a rua e, empurrando a porta da redação do jornal, Baldwin e seus homens entraram e subiram correndo a escada diante deles. McMurdo e o outro permaneceram embaixo. Da sala do piso superior ouviu-se um grito, um brado de socorro e depois o ruído de pisadas e de cadeiras caindo. Um instante mais tarde, um homem de cabelos grisalhos correu até o patamar da escada.

Ele foi agarrado antes que pudesse fugir e seus óculos caíram tilintando aos pés de McMurdo. Houve uma pancada surda e um gemido. O homem havia caído de bruços, e meia dúzia de bastões começaram a espancá-lo. Ele se contorcia e seus longos e finos membros estremeciam sob os golpes. Finalmente, os outros pararam, mas Baldwin, com um sorriso infernal estampado no rosto, continuava golpeando a cabeça do homem, que, em vão, tentava defendê-la com os braços. Seus cabelos brancos estavam borrifados de sangue. Baldwin continuava inclinado sobre a vítima, dando rápidos e certeiros golpes sempre que vislumbrasse uma parte exposta, quando McMurdo se precipitou escada acima e o empurrou para trás.

– Você vai matar o homem! – gritou ele. – Pare com isso!

Baldwin fitou-o, espantado.

– Maldito! – exclamou ele. – Quem é você para interferir – você que é novo na Loja? Afaste-se!

Levantou o bastão, mas McMurdo já tinha sacado o revólver do bolso.

– Afaste-se você! – exclamou ele. – Vou fazer saltar seus miolos se ousar pôr a mão em mim. E, quanto à Loja, não era ordem do grão-mestre não matar o homem? E o que você está fazendo, senão matando-o?

– É verdade o que ele diz – observou um dos homens.

– Com os diabos! É melhor sair correndo! – gritou o homem que estava na rua. – As janelas estão todas se iluminando e dentro de cinco minutos vão ter a cidade inteira por aqui.

De fato, já se ouviam gritos na rua, e um pequeno grupo de tipógrafos e impressores se aglomerava no vestíbulo, preparando-se para entrar em ação. Deixando o corpo estirado e inerte do redator no alto da escada, os criminosos desceram rapidamente e se puseram em fuga veloz ao longo da rua. Tendo chegado à sede do Sindicato, alguns deles se misturaram com os frequentadores do bar de McGinty e segredaram aos ouvidos do chefe, através do balcão, que a tarefa tinha sido levada a efeito com êxito. Outros, e entre eles McMurdo, embrenharam-se pelas ruas laterais e assim, por desvios, alcançaram suas casas.

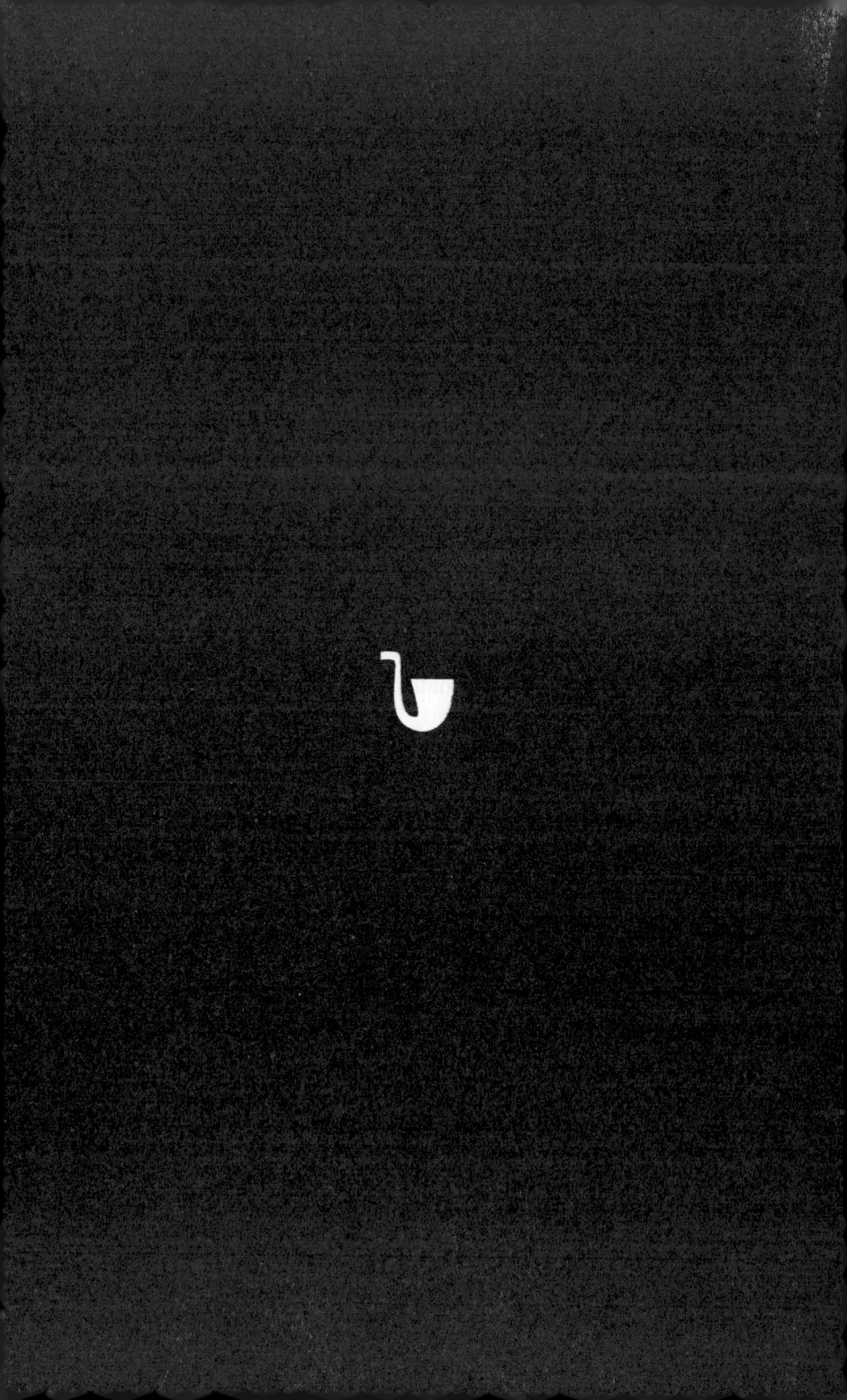

Capítulo IV
O Vale do Medo

Quando McMurdo acordou, na manhã seguinte, tinha fortes razões para recordar sua iniciação na Loja. Estava com a cabeça doendo por causa da bebida, e o braço, onde o tinham marcado com ferro em brasa, estava ardendo e inchado. Tendo sua própria fonte especial de rendimento, podia permitir-se trabalhar nas horas que quisesse; assim, já era tarde quando tomou café e ficou em casa, durante a manhã, escrevendo uma longa carta a um amigo. Mais tarde, leu o jornal *Daily Herald*. Numa coluna especial, incluída à última hora, leu:

VIOLÊNCIA NA REDAÇÃO DO HERALD
REDATOR GRAVEMENTE FERIDO

Era um breve relato dos fatos, que eram mais familiares para ele do que para o autor da matéria. Terminava com o seguinte parágrafo:

"O assunto está agora nas mãos da polícia, mas dificilmente se pode esperar que seus esforços sejam coroados com melhores resultados que no passado. Alguns dos homens foram reconhecidos e há esperança de que alguma prisão seja efetuada. A fonte dessa violência foi, nem é preciso dizer, aquela infame sociedade que há tanto tempo escraviza esta comunidade e contra a qual o *Herald* assumiu tão desassombrada atitude. Os inúmeros amigos do senhor Stanger ficarão satisfeitos ao saber que, embora tenha sido cruel e brutalmente espancado e embora tenha sofrido graves ferimentos na cabeça, não há perigo iminente para sua vida."

No pé da página, se lia que uma guarda da polícia, armada com rifles Winchester, havia sido requisitada para a defesa da sede do jornal.

McMurdo tinha largado o jornal e estava acendendo o cachimbo com a mão ainda trêmula pelos excessos da noite anterior, quando bateram à porta de entrada e a dona da casa lhe trouxe um bilhete que acabava de ser entregue por um rapaz. Não estava assinado e dizia o seguinte:

"Gostaria de falar com você, mas preferiria não fazê-lo em sua casa. Poderá me encontrar junto do mastro da bandeira no parque Miller Hill. Se puder vir agora mesmo, tenho algo que é importante para você ouvir e, para mim, lhe dizer."

McMurdo leu o bilhete duas vezes, com extrema surpresa, pois não podia imaginar do que se tratava nem quem seria o autor da mensagem. Se a letra fosse feminina, poderia pensar que fosse uma daquelas aventuras que tinham sido bastante comuns em sua vida passada. Mas era letra de homem e de homem bem instruído. Finalmente, depois de certa hesitação, decidiu esclarecer o assunto.

Miller Hill é um parque público mal-cuidado, situado bem no centro da cidade. No verão, é o local preferido da população, mas no inverno fica praticamente deserto. Do alto dele se descortina uma vista não somente da cidade, esparramada e suja, mas também de todo o vale sinuoso abaixo, com suas minas esparsas e suas fábricas enegrecendo a neve de ambos os lados, assim como as áreas de bosques e de cumes esbranquiçados que o flanqueiam.

McMurdo subiu a trilha sinuosa, cercada de sempre-vivas, até alcançar o restaurante deserto que constitui o centro de todas as reuniões festivas durante o verão. Ao lado se erguia um simples mastro de bandeira, sob o qual estava um homem com o chapéu puxado sobre os olhos e a gola do sobretudo voltada para cima. Quando virou o rosto, McMurdo viu que era o irmão Morris, que, na noite anterior, havia provocado a ira do grão-mestre. Ao se cumprimentarem, fizeram-no intercambiando o sinal da Loja.

– Queria conversar com você, McMurdo – disse o idoso, falando com hesitação, o que mostrava que estava pisando em terreno delicado. – Foi bondade sua ter vindo.

– Por que não assinou o bilhete?

– Deve-se ter cautela, amigo. Em tempos como este, nunca se sabe o que pode vir depois. Nunca se sabe em quem se pode confiar ou em quem não confiar.

– Certamente se deve confiar nos irmãos da Loja.

– Não, não, nem sempre! – exclamou Morris, com veemência. – Tudo o que dizemos, até mesmo o que pensamos, parece ir parar nos ouvidos desse McGinty.

– Veja bem! – disse McMurdo, com ar severo. – Foi somente ontem à noite, como bem sabe, que jurei fidelidade ao grão-mestre. Estaria me pedindo para romper meu juramento?

– Se tomar a coisa por esse lado – retrucou Morris, tristemente –, só posso dizer que lamento o incômodo de ter vindo se encontrar comigo. A situação chegou a um ponto verdadeiramente lamentável quando dois cidadãos livres não podem trocar ideias entre si.

McMurdo, que estivera observando seu companheiro com toda a atenção, abrandou um pouco sua atitude.

– Com toda a certeza, falo por mim somente – disse ele. – Sou um recém-chegado, como sabe, e sou completamente estranho a essa situação. Não vou ser eu quem vai abrir a boca, senhor Morris; e, se julga oportuno me dizer alguma coisa, estou pronto para ouvir.

– E levá-la aos ouvidos do chefe McGinty! – observou Morris, amargamente.

– Então, de fato, estará sendo injusto comigo – exclamou McMurdo. – Pessoalmente, sou leal para com a Loja e lhe digo isso abertamente; mas seria um miserável se fosse repetir para qualquer outro o que você poderia me confidenciar. O que me disser permanecerá sempre comigo, embora o advirta de que talvez não venha a obter minha ajuda nem minha concordância.

– Já desisti de procurar por uma ou por outra – afirmou Morris. – Posso estar colocando minha própria vida em suas mãos pelo que vou dizer; mas, mau como você é – e me pareceu, ontem à noite, que você está se moldando para ser tão mau como os piores –, ainda assim é novo na sociedade, e sua consciência não pode ser ainda tão insensível como a dos outros. Foi por isso que pensei em falar com você.

– Bem, o que tem para dizer?

– Se me trair, que Deus o amaldiçoe!

– Já disse que não o faria.

– Gostaria de lhe perguntar então se, ao filiar-se à sociedade dos Homens Livres em Chicago e fazer os votos de caridade e de fidelidade, lhe passou pela cabeça que um dia ela poderia conduzi-lo ao crime?

– Se chama isso de crime – respondeu McMurdo.

– Se chama isso de crime! – exclamou Morris, com sua voz

vibrando de comoção. – Você ainda viu pouco para poder falar desse modo! Foi crime, ontem à noite, quando um homem, suficientemente velho para ser seu pai, foi espancado até que o sangue lhe empastasse os cabelos brancos? Isso foi crime – ou o que mais o chamaria?

– Há alguns que diriam que é uma guerra – explicou McMurdo –, uma luta de classes, de modo que cada um golpeia o mais que puder.

– Bem, você pensou numa coisa dessas ao se tornar membro da sociedade dos Homens Livres, em Chicago?

– Não. Estou inclinado a dizer que não.

– Nem eu quando me filiei em Filadélfia. Era apenas um clube beneficente e um local de encontro entre amigos. Depois ouvi falar deste lugar – maldita a hora em que esse nome chegou a meus ouvidos – e vim para cá para melhorar a vida! Meu Deus! Para melhorar de vida! Minha mulher e meus três filhos vieram comigo. Comecei com um armarinho na Praça do Mercado e prosperei. Espalhou-se o boato de que eu era Homem Livre e fui forçado a me filiar à Loja local, exatamente como você o fez ontem à noite. Trago no antebraço o sinal da vergonha e um bem pior gravado no coração. Descobri que estava sob as ordens de um miserável patife e preso nas malhas do crime. O que podia fazer? Todas as palavras que proferia para melhorar as coisas eram tomadas como traição, como aconteceu ontem à noite. Não posso sair daqui, pois tudo o que possuo no mundo está investido em meu negócio. Se abandonar a sociedade, sei perfeitamente que isso significa a morte para mim e sabe Deus o que pode acontecer com minha mulher e meus filhos. Oh, amigo, é terrível... terrível!

Cobriu o rosto com as mãos e seu corpo tremia em convulsivos soluços.

McMurdo encolheu os ombros.

– Você é muito brando para a tarefa – disse ele. – Não foi feito para esse tipo de trabalho.

– Eu tinha uma consciência e uma religião, mas eles fizeram de mim um criminoso. Fui escolhido para uma dessas tarefas. Se me recusasse, sabia muito bem o que poderia me acontecer. Talvez eu seja um covarde. Talvez o seja por causa de minha pobre mulher e de meus filhos. De qualquer modo, fui. Creio que esse pesadelo me perseguirá para sempre. Era uma casa isolada, a 20 milhas daqui, do outro lado das montanhas. Fui destacado para vigiar a porta, como você na noite passada. Não confiavam em mim. Os outros entraram. Quando deixaram a casa, tinham as mãos tintas de sangue até os pulsos. No momento em que nos afastávamos, uma criança saiu atrás de nós gritando. Era um menino de 5 anos, que tinha visto o pai ser assassinado. Quase desmaiei de horror e, mesmo assim, tive de conservar o rosto impassível e sorridente, pois sabia que, se não o fizesse, seria de minha casa que eles haveriam de sair, mais tarde, com as mãos manchadas de sangue e que haveria de ser o pequeno Fred a gritar pela perda do pai. Mas então eu já era um criminoso, participando de um crime, perdido para sempre neste mundo e perdido também no outro. Sou um bom católico, mas o padre não quis nem falar comigo ao saber que eu era um Vingador e me excomungou. Essa é minha situação. E vejo você seguindo pelo mesmo caminho e lhe pergunto qual será o fim. Está pronto para se transformar também num assassino a sangue-frio ou podemos fazer alguma coisa para deter tudo isso?

– O que pretenderia fazer? – perguntou McMurdo, abruptamente. – Tornar-se delator?

– Deus me livre! – exclamou Morris. – Certamente, a simples ideia me custaria a vida.

– Tudo bem – disse McMurdo. – Estou pensando que você é um homem fraco e que exagera as coisas.

– Exagero! Espere até ter vivido aqui por mais tempo. Observe o vale. Veja que nuvem de fumaça de centenas de chaminés o obscurece. Digo-lhe que a nuvem de crimes paira muito mais espessa e mais baixa do que essa sobre a cabeça de seus habitantes. É o Vale do Medo, o Vale da Morte. O terror reina no coração do povo desde o crepúsculo até a aurora. Espere, meu jovem, e vai se convencer por si mesmo.

– Bem, direi o que penso quando tiver visto mais coisas – replicou McMurdo, de modo indiferente. – O que me parece de todo claro é que você não é homem para viver neste lugar e quanto antes vender tudo – mesmo que consiga só a décima parte do que vale – tanto melhor para você. Quanto ao que me disse, ficará comigo; mas, com os diabos! Se descobrir que você é um informante...

– Não, não! – exclamou Morris, de modo comovente.

– Bem, deixe como está. Vou me lembrar do que disse e talvez um dia volte ao assunto. Creio que tenha vindo falar comigo com a melhor das intenções. Agora, preciso voltar para casa.

– Mais uma palavra, antes que se vá – insistiu Morris. – É possível que nos tenham visto juntos e queiram saber sobre o que estivemos falando.

– Ah! Bem pensado.

– Eu lhe ofereci emprego em meu negócio.

– E eu o recusei. Foi o assunto de nossa conversa. Bem, até breve, irmão Morris, e espero que tudo corra melhor com você no futuro.

Na mesma tarde, enquanto McMurdo estava sentado fumando, perdido em pensamentos ao lado da lareira da sala de estar, a porta se escancarou e sua moldura foi tomada pela enorme figura de McGinty. Fez o sinal da Loja e, sentando-se de frente para o jovem, fitou-o firmemente por algum tempo, olhar que foi retribuído com a mesma firmeza.

– Não sou de muitas visitas, irmão McMurdo – falou ele, finalmente. – Acho que ando ocupado demais com os que me procuram, para poder fazer visitas. Mas pensei que poderia abrir uma exceção e dar um pulo até sua casa para vê-lo.

– Sinto-me orgulhoso em vê-lo aqui, conselheiro – respondeu McMurdo, cordialmente, tirando a garrafa de uísque do armário. – É uma honra que não esperava.

– Como vai o braço? – perguntou o chefe.

McMurdo fez uma careta.

– Bem, não consigo esquecê-lo – replicou ele –, mas valeu a pena.

– Sim, vale a pena – retrucou o outro – para aqueles que são leais, mantêm a palavra e ajudam a Loja. Sobre o que estava falando, hoje de manhã, com o irmão Morris, no parque Miller Hill?

A pergunta caiu tão repentinamente que foi bom para ele ter a resposta preparada. Deu uma sonora gargalhada.

– Morris não sabia que eu podia ganhar a vida aqui em casa. E é melhor que não saiba, porque tem demasiada consciência para um tipo como eu. Mas é um velho sujeito de bom coração. Imaginava que eu estava passando dificuldades e que ele poderia me ajudar oferecendo-me emprego no armarinho dele.

– Oh! Então era isso?

– Sim, era só isso.

– E você o recusou?

– Certamente. Não posso ganhar dez vezes mais em meu próprio quarto, trabalhando apenas quatro horas por dia?

– Claro! Mas não gostaria de vê-lo seguidamente junto com Morris.

— Por que não?

— Bem, acho que é porque lhe digo que não quero. Esse motivo é suficiente para a maioria das pessoas por essas bandas.

— Talvez o seja para a maioria das pessoas, mas não é suficiente para mim, conselheiro – disse McMurdo, audaciosamente. – Se conhece bem os homens, vai compreender.

O gigante moreno o fitou e sua mãozorra peluda se fechou num instante em torno do copo, como se fosse atirá-lo na cabeça do companheiro. Depois soltou uma de suas características gargalhadas explosivas e falsas.

— Você é uma carta esquisita, francamente! – disse ele. – Bem, se quiser motivos, vou dá-los. Morris não lhe disse nada contra a Loja?

— Não.

— Nem contra mim?

— Não.

— Bem, é porque não se atreveu a confiar em você. Mas no íntimo não é um irmão leal. Sabemos disso muito bem. Por isso o vigiamos e aguardamos o momento certo de dar-lhe uma boa lição. Penso até que essa hora está se aproximando. Não há lugar para ovelhas sarnentas em nosso redil. Se você andar na companhia de um homem desleal, podemos supor que também o seja. Não é mesmo?

— Não há nenhuma chance de eu seguir na companhia dele, porque não gosto dele – respondeu McMurdo. – E, quanto a ser desleal, se fosse qualquer outro e não o senhor, não usaria essa palavra duas vezes.

— Bem, é o suficiente – concluiu McGinty, tomando o último gole do copo. – Vim apenas avisá-lo a tempo, e está feito.

— Gostaria de saber – disse McMurdo – como teve conhecimento de minha conversa com Morris.

McGinty riu.

– É minha obrigação manter-me informado de tudo o que anda acontecendo nessa cidade – disse ele. – Acho que agiria muito bem se me contasse tudo o que vier a saber. Bem, ficamos por aqui e só queria lhe dizer...

Mas a despedida foi interrompida de maneira totalmente inesperada. Com um baque súbito, a porta se escancarou, e três rostos carrancudos e atentos, sob os bonés da polícia, os fitaram. McMurdo saltou de pé e estava para sacar o revólver, mas seu braço se deteve a meio caminho, ao constatar que dois rifles Winchester estavam apontados para sua cabeça. Um homem de uniforme avançou pela sala, de revólver na mão. Era o capitão Marvin, outrora de Chicago e atualmente a serviço do Comissariado das Minas. Sacudiu a cabeça e esboçou um sorriso para McMurdo.

– Eu sabia que você haveria de se envolver em problemas, senhor Fraudulento McMurdo de Chicago – disse ele. – Não pode ficar fora disso, não é? Apanhe seu chapéu e venha conosco.

– Creio que vai pagar por isso, capitão Marvin – interveio McGinty. – Gostaria de saber quem é você para irromper numa casa dessa maneira e importunar homens honestos e cumpridores da lei?

– O senhor fique fora desse negócio, conselheiro McGinty – retrucou o capitão. – Não estamos à sua procura, e sim desse McMurdo. Cabe-lhe ajudar e não dificultar o cumprimento de nosso dever.

– Ele é meu amigo e respondo pela conduta dele – disse o chefe.

– De qualquer modo, senhor McGinty, talvez tenha de responder por sua própria conduta, qualquer dia desses. – respondeu o capitão. – Esse McMurdo era um trapaceiro antes de vir para cá e continua sendo. Preste atenção, soldado, enquanto o desarmo.

– Aqui está meu revólver – disse McMurdo, friamente. – Talvez, capitão Marvin, se nós dois estivéssemos sozinhos, frente a frente, não conseguisse me prender tão facilmente.

– Onde está o mandado de prisão? – perguntou McGinty. – Com os diabos! Até parece que vivemos na Rússia e não em Vermissa, ao vermos gente como você encarregada do serviço da polícia. É um ultraje vergonhoso, que não vai ficar por isso, aposto.

– Faça o que achar que é seu dever como melhor lhe aprouver, conselheiro. Nós vamos cuidar do nosso.

– De que sou acusado? – perguntou McMurdo.

– De estar envolvido no espancamento do velho editor Stanger, na redação do Herald. Tem sorte de não se tratar de acusação de homicídio.

– Bem, se isso é tudo o que tem contra ele – exclamou McGinty, com uma gargalhada –, pode evitar muitos aborrecimentos, deixando-o em liberdade agora mesmo. Esse homem esteve em meu bar jogando pôquer até a meia-noite e posso apresentar uma dúzia de testemunhas para prová-lo.

– Isso é assunto seu e creio que possa expô-lo amanhã no tribunal. Entrementes, vamos, McMurdo, e nos acompanhe calmamente, se não quiser levar uma bala na cabeça. Afaste-se, senhor McGinty, pois aviso-o de que não admito resistência quando estou em serviço.

Tão decidida foi a atitude do capitão que tanto McMurdo como o chefe foram forçados a aceitar a situação. Este último conseguiu trocar algumas palavras aos sussurros com o preso, antes de se separarem.

– E sobre... – ele levantou o polegar em direção ao andar de cima para indicar os utensílios de cunhagem.

– Tudo em ordem – cochichou McMurdo, que já havia providenciado um esconderijo seguro sob o assoalho.

– Até breve – disse o chefe, apertando-lhe a mão. – Vou procurar o advogado Reilly e me encarregar das testemunhas de defesa. Dou-lhe minha palavra de que não serão capazes de condená-lo.

– Eu não apostaria nisso. Vigiem o preso, vocês dois, e atirem nele se tentar fugir. Vou fazer uma busca na casa, antes de sair.

E assim fez; mas aparentemente não encontrou nenhum indício das máquinas ocultas. Quando desceu, ele e seus homens escoltaram McMurdo até o posto policial. A noite caíra e soprava uma violenta nevasca, de modo que as ruas estavam inteiramente desertas; mas alguns vadios seguiam o grupo e, estimulados pela invisibilidade, gritavam imprecações contra o prisioneiro.

– Linchem esse maldito Vingador! – esbravejavam eles. – Linchem-no!

Riam e zombavam dele, enquanto era empurrado para dentro do posto policial. Depois de um breve interrogatório formal, por parte do inspetor de serviço, foi colocado na cela comum. Nela já se encontravam Baldwin e três outros criminosos da noite anterior, todos presos naquela tarde, à espera do julgamento na manhã seguinte.

Mas até mesmo no mais íntimo recesso desse baluarte da lei penetravam os longos tentáculos dos Homens Livres. Tarde da noite, apareceu um carcereiro com um feixe de palha, que lhes devia servir de cama, de dentro do qual tirou duas garrafas de uísque, alguns copos e um baralho. Passaram uma noite alegre, sem demonstrar a menor ansiedade pela provação da manhã seguinte.

Nem foram condenados, como o resultado haveria de mostrar. O juiz não pôde, diante das provas testemunhais, remeter o caso a um tribunal superior. Por outro lado, os tipógrafos e os impressores foram obrigados a admitir que a luz era fraca, que eles próprios estavam muito perturbados e que lhes era difícil jurar com plena convicção sobre a identidade dos assaltantes, embora acreditassem que o acusado estava entre eles. Questionados pelo hábil advogado contratado por McGinty, deram respostas ainda mais nebulosas com relação às evidências.

A vítima já havia declarado que tinha ficado tão surpreendida pela instantaneidade do ataque que nada podia afirmar, a não ser que o primeiro agressor usava bigode. Acrescentou que sabia que eram Vingadores, pois ninguém mais na comunidade poderia ter, provavelmente, qualquer inimizade com ele; além do mais, já havia sido ameaçado por causa de seus corajosos editoriais. Por outro lado, ficou claramente provado, pelos uniformes e inabaláveis testemunhos de seis cidadãos, incluindo o do alto funcionário municipal, conselheiro McGinty, que os homens tinham estado jogando cartas na sede do Sindicato até uma hora muito mais avançada do que aquela em que fora cometido o crime.

É desnecessário dizer que foram postos em liberdade com palavras que mais pareciam desculpas, por parte do juiz, pelo inconveniente a que haviam sido submetidos, juntamente com uma implícita censura ao capitão Marvin e à polícia por seu zelo excessivo.

O veredicto foi saudado com fortes aplausos por uma assistência, na qual McMurdo viu muitos rostos familiares. Irmãos da Loja sorriam e acenavam com as mãos. Mas havia outros que permaneciam sentados com os lábios cerrados e olhar pensativo, enquanto os absolvidos abandonavam o banco dos réus. Um deles, sujeito baixo, de barba escura e resoluto, externou com palavras o próprio pensamento e o dos companheiros, no instante em que os ex-prisioneiros passavam diante dele.

– Malditos assassinos! – gritou ele. – Ainda vamos acertar as contas com vocês!

Capítulo V
O Período Mais Tenebroso

O fato de Jack McMurdo ter sido preso e absolvido foi suficiente para dar um impulso ainda maior à sua popularidade entre os companheiros. Que um homem, na mesma noite em que se filiou à Loja, pudesse ter feito algo que o levasse perante o juiz era um novo recorde nos anais da sociedade. Ele já havia conquistado a reputação de bom e jovial companheiro, de animado farrista e, ao mesmo tempo, de homem irascível que não tolerava um insulto, até mesmo do todo-poderoso chefe. Mas, além disso, impressionava seus camaradas com a ideia de que, entre eles todos, não havia um cujo cérebro estivesse tão pronto para tramar um esquema sanguinário ou cuja mão fosse mais eficiente em levá-lo a cabo. "Vai ser o homem adequado para o trabalho limpo", diziam os mais experientes entre si e esperavam a oportunidade de vê-lo entrar em ação.

McGinty já dispunha de muitos elementos, mas reconhecia que esse era o mais capaz de todos. Sentia-se como um homem controlando um cão de raça. Havia vira-latas para fazer os pequenos trabalhos, mas algum dia teria de soltar essa criatura para saltar sobre uma presa. Alguns poucos membros da Loja, entre os quais Ted Baldwin, se ressentiam da rápida ascensão do forasteiro e passaram a odiá-lo; mas o evitavam, pois ele estava sempre pronto tanto para rir como para lutar.

Se ele, porém, ganhou a estima de seus camaradas, havia outro local, que se tornara ainda mais vital para ele, em que perdeu. O pai de Ettie Shafter não queria mais saber dele nem lhe permitia entrar na pensão. A própria Ettie estava tão profundamente apaixonada que não se sentia em condições de cortar relações com ele; mesmo assim, seu próprio bom senso a advertia sobre o que poderia resultar de um casamento com um homem que era considerado um criminoso.

Certa manhã, depois de uma noite insone, ela decidiu ir vê-lo, possivelmente pela última vez, e fez um grande esforço para afastá-lo daquelas más influências que o estavam destruindo. Foi para a casa dele, como muitas vezes ele já lhe havia pedido, e entrou no aposento que ele usava como sala de estar. Estava sentado a uma mesa, de costas e com uma carta diante dele. Foi tomada de um súbito espírito de travessura juvenil – tinha apenas 19 anos. Ele não a ouvira abrir a porta. Então ela avançou na ponta dos pés e pousou sua mão levemente sobre os ombros curvados dele.

Se ela esperava assustá-lo, certamente o conseguiu; mas só em troca de ela própria ficar assustada. Com um pulo de tigre, virando-se, saltou sobre ela e a mão direita a agarrou pela garganta; no mesmo instante, com a esquerda amarrotou o papel que estava diante dele. Por um momento, ficou olhando. Então a surpresa e a alegria substituíram a ferocidade que havia desfigurado suas feições. Uma ferocidade que fez a jovem recuar com horror como de alguma coisa que nunca aparecera em sua delicada vida.

– É você! – disse ele, coçando a cabeça. – E pensar que você viria até aqui, minha querida, e que eu nada poderia fazer de melhor do que querer estrangulá-la! Venha cá, querida – e ele estendeu os braços –, deixe-me abraçá-la.

Mas ela não se havia recobrado daquele súbito olhar de medo e culpa que tinha percebido no rosto dele. Todo o seu instinto de mulher lhe dizia que não era mero susto de um homem colhido de surpresa. Culpa – isso é que era – culpa e medo!

– O que lhe aconteceu, Jack? – exclamou ela. – Por que se assustou tanto com minha entrada? Oh! Jack, se estivesse com a consciência tranquila, não me teria olhado dessa maneira!

– Certamente estava pensando em outras coisas; e quando você veio avançando tão suavemente com esses seus pés de fada...

– Não, não, foi mais que isso, Jack. – então uma repentina suspeita se apoderou dela. – Deixe-me ver essa carta que está escrevendo.

– Ah! Ettie, não posso fazer isso!

As suspeitas dela se transformaram em certeza.

– É para outra mulher – exclamou ela. – Sei disso! Por que então escondê-la de mim? Era para sua esposa que estava escrevendo? Como posso saber que não é um homem casado? Você, um forasteiro, que ninguém conhece?

– Não sou casado, Ettie! Veja bem, eu juro! Você é a única mulher que existe para mim. Juro pela cruz de Cristo!

Ele estava tão branco, com apaixonada sinceridade, que ela só pôde acreditar nele.

– Bem, então – exclamou ela –, por que não me mostra a carta?

– Vou lhe contar, calma! – disse ele. – Estou sob juramento para não mostrá-la; e, precisamente como não haveria de faltar com minha palavra para você, assim devo mantê-la para aqueles que receberam minha promessa. São negócios da Loja e até para você são secretos. E, se me assustei quando uma mão pousou sobre mim, não pode compreender que eu poderia pensar que fosse a mão de um detetive?

Ela se convenceu de que falava a verdade. E ele a acolheu em seus braços e, com beijos, dissipou os receios e as dúvidas dela.

– Sente-se aqui a meu lado. É um trono esquisito para uma rainha como você; mas é o melhor que seu pobre enamorado pode oferecer. Tudo vai melhorar algum dia, espero. Agora seu espírito está bem tranquilo, não é?

– Como pode estar tranquilo, Jack, quando sei que você é um criminoso entre criminosos, quando nunca sei o dia em que vou ouvir que você está sendo julgado no tribunal como assassino? "McMurdo, o Vingador", foi assim que um de nossos pensionistas o chamou ontem. Senti meu coração ser atravessado por um punhal.

– Palavras voam e se perdem com o vento.

– Mas eram verdadeiras.

– Bem, querida, não é tão ruim quanto pensa. Somos apenas pobres homens que estamos tentando, a nosso modo, defender nossos direitos.

Ettie pôs seus braços em torno do pescoço do namorado.

– Desista, Jack! Por minha causa, pelo amor de Deus, desista! Foi para lhe pedir isso que vim aqui hoje. Oh! Jack, veja... peço-lhe de joelhos! Ajoelhando-me aqui, diante de você, imploro-lhe para que desista!

Ele a soergueu e a afagou, encostando a cabeça dela em seu peito.

– Certamente, minha querida, você não sabe o que está pedindo. Como poderia desistir quando isso significaria romper meu juramento e desertar de meus camaradas? Se você soubesse como as coisas estão postas para mim, não haveria de me pedir isso. Além do mais, se eu o quisesse, como poderia fazê-lo? Nem pode supor que a Loja me deixasse partir livremente com todos os segredos dela.

— Pensei nisso, Jack. Planejei tudo. Meu pai economizou algum dinheiro. Ele está cansado deste lugar, onde o medo dessa gente escurece nossas vidas. Está pronto para partir. Poderíamos fugir juntos para Filadélfia ou para Nova Iorque, onde estaríamos a salvo deles.

McMurdo riu.

— A Loja tem longos tentáculos. Acha que não conseguiria estendê-los daqui até Filadélfia ou Nova Iorque?

— Bem, então para o oeste ou para a Inglaterra ou para a Alemanha, de onde meu pai veio... a qualquer lugar, para fugir desse Vale do Medo!

McMurdo pensou no irmão Morris.

— É a segunda vez que ouço o vale ser citado com esse nome — disse ele. — A sombra parece realmente estar pesando sobre alguns de vocês.

— Escurece todos os momentos de nossa vida. Você acredita que Ted Baldwin já nos tenha perdoado? Se não fosse porque o teme, quais você acha que seriam nossas chances? Se tivesse visto a aparência de seus olhos escuros e famintos quando me fitaram!

— Com os diabos! Eu lhe ensinaria boas maneiras se o agarrasse! Veja bem, menina. Eu não posso deixar este lugar. Não posso... tire isso de mim de uma vez por todas. Mas, se me deixar tentar a meu próprio modo, vou preparar um meio de sair honrosamente disso tudo.

— Não se pode falar em honra nessa questão.

— Bem, bem, tudo depende de como a encara. Mas, se me der seis meses, vou fazer de tal modo que poderei sair daqui sem sentir vergonha e sem abaixar a cabeça.

A moça riu de contentamento.

– Seis meses! – exclamou ela. – É uma promessa?

– Bem, podem ser sete ou oito. Mas, dentro de um ano, o mais tardar, vamos deixar este vale para trás.

Era o máximo que Ettie podia obter e, ainda assim, já era alguma coisa. Havia essa distante luz para iluminar a escuridão do futuro imediato. Voltou para a casa do pai com o coração mais aliviado do que nunca, desde que Jack McMurdo entrara em sua vida.

Poder-se-ia pensar que, como membro, todas as ações da sociedade fossem relatadas a ele; mas logo haveria de descobrir que a organização era mais ampla e complexa do que a simples Loja. Até mesmo McGinty ignorava muitas coisas, pois havia uma espécie de delegado do condado, que residia na distante Hobson's Patch e tinha poder sobre diversas Lojas, que controlava de modo contínuo e arbitrário. McMurdo o tinha visto uma única vez; um rato de homem astuto, de cabelos um pouco grisalhos, de andar furtivo e um olhar de viés, carregado de maldade. Evans Pott era seu nome; e mesmo o chefão de Vermissa sentia por ele algo da repulsa e do medo que o enorme Danton sentiu pelo fraco, mas perigoso Robespierre.

Certo dia, Scanlan, companheiro de pensão de McMurdo, recebeu um bilhete de McGinty, anexo a um de Evans Pott, que o informava do envio, por parte deste último, de dois homens capazes, Lawler e Andrews, que tinham instruções para agir na vizinhança; embora fosse conveniente, quanto ao objetivo, que nenhum pormenor fosse revelado. O grão-mestre deveria providenciar alojamentos adequados e confortáveis para os dois, até chegar o momento de entrarem em ação. McGinty acrescentava que era impossível para alguém passar despercebido na sede do Sindicato e que, portanto, se via obrigado a pedir que McMurdo e Scanlan abrigassem os dois forasteiros por alguns dias na pensão.

Nessa mesma noite, os dois homens chegaram, cada um deles carregando sua maleta. Lawler era o mais velho, homem perspicaz, silencioso, reservado, vestindo uma velha sobrecasaca preta, que, com seu chapéu de feltro e barba desgrenhada e grisalha, lhe conferia o aspecto geral de pregador itinerante. O companheiro, Andrews, era pouco mais que um garoto, de cara limpa e alegre, com joviais maneiras de quem está em férias e quer desfrutar de cada minuto delas. Ambos eram totalmente abstêmios e se comportavam, sob todos os aspectos, como membros exemplares da sociedade, com a única e simples exceção de que eram assassinos, que, mais de uma vez, haviam provado serem os instrumentos mais eficientes dessa associação criminosa. Lawler já contava, em seu ativo, 14 missões desse tipo, e Andrews, três.

Os dois estavam, como McMurdo notou, sempre dispostos a falar de seus feitos do passado, que repetiam com orgulho um tanto acanhado de homens que haviam prestado bons e desinteressados serviços à comunidade. Eram reticentes, contudo, no tocante à iminente tarefa que deviam executar.

– Eles nos escolheram porque nem o rapaz nem eu somos dados à bebida – explicou Lawler. – Podem contar conosco quanto a não dizermos mais do que deveríamos. Não devem levar a mal, mas obedecemos às ordens do delegado do condado.

– Certamente, estamos todos envolvidos nisso – disse Scanlan, companheiro de McMurdo, enquanto os quatro estavam sentados, jantando.

– É verdade; e por isso lhes contamos como matamos Charlie Williams ou Simon Bird ou como levamos a cabo qualquer outra tarefa no passado. Mas, até que o trabalho seja feito, nada diremos.

– Há meia dúzia por aqui com quem gostaria de trocar umas palavras – disse McMurdo, rogando uma praga. – Suponho que não seja Jack Knox que estão procurando. Gostaria de acompanhá-los, se fosse, para vê-lo sofrer seu castigo.

– Não, ainda não chegou a vez dele.

– Ou seria Herman Strauss?

– Também não.

– Bem, se não quiserem nos contar, não podemos obrigá-los; mas eu gostaria de saber.

Lawler sorriu e meneou a cabeça. Não se deixaria induzir a falar.

Apesar das reticências de seus hóspedes, Scanlan e McMurdo estavam totalmente decididos a presenciar o que eles chamavam de "brincadeira". Quando, pois, na madrugada seguinte, McMurdo os ouviu descendo mansamente a escada, acordou Scanlan, e os dois se vestiram apressadamente. Depois de se vestirem, notaram que os outros haviam saído, deixando a porta aberta. Não era dia ainda e, à luz dos lampiões da rua, puderam ver os dois homens a alguma distância, rua abaixo. Seguiram-nos cautelosamente, caminhando sem fazer ruído, sobre a neve espessa.

A pensão estava situada na periferia da cidade e por isso logo chegaram à encruzilhada que se encontrava pouco além de seus limites. Ali havia três homens esperando, com quem Lawler e Andrews mantiveram uma breve e viva conversa. Depois, seguiram adiante todos juntos. Devia ser obviamente uma tarefa importante para exigir tanta gente. Nesse ponto, há várias trilhas que levam a diferentes minas. Os forasteiros enveredaram por aquela que levava à Crow Hill, uma enorme mineradora, conduzida com mãos de ferro, mãos que haviam sido capazes, graças ao enérgico e destemido administrador Josiah H. Dunn, oriundo da Nova Inglaterra, de manter certa ordem e disciplina durante o longo reinado do terror.

Agora o dia começava a despontar e uma fila de trabalhadores seguia lentamente, alguns sozinhos, outros em grupos, ao longo da trilha enegrecida. McMurdo e Scanlan caminhavam devagar com eles, mantendo à vista os homens que seguiam. Uma névoa densa pairava sobre eles e do meio dela vinha um súbito apito. Era o sinal, dado de dez em dez minutos, indicando a descida do elevador e o início do dia de trabalho.

Quando chegaram ao espaço aberto em torno da entrada da mina, havia uma centena de mineiros aguardando, batendo os pés e soprando as mãos, pois fazia um frio terrível. Os forasteiros estavam reunidos em grupo sob a sombra da casa das máquinas. Scanlan e McMurdo subiram num monte de detritos, de onde tinham plena visão de todo o cenário. Viram o engenheiro da mina, um forte escocês de barba, chamado Menzies, que saiu da casa das máquinas e fez soar o apito para que os elevadores descessem.

No mesmo instante, um jovem alto, desenvolto, de rosto barbeado e sério avançou impulsivamente para a boca do fosso. Ao se adiantar, seus olhos deram com o grupo, silencioso e imóvel, sob a casa das máquinas. Os homens puxaram os chapéus sobre os olhos e levantaram a gola dos casacos, para esconder o rosto. Por um momento, o pressentimento de morte baixou sua gélida mão sobre o coração do administrador. No seguinte, descansou-a e viu somente seu dever de interpelar os forasteiros intrusos.

– Quem são vocês? – perguntou ele, avançando. – O que estão fazendo aí parados?

Não houve resposta; mas o garoto Andrews deu um passo em frente e lhe desfechou um tiro no estômago. Os cem mineiros que estavam esperando ficaram imóveis e atônitos, como que paralisados. O administrador levou rapidamente as mãos à ferida e se soergueu. Depois cambaleou; mas outro assassino atirou e ele caiu de lado, estirando as pernas e raspando com as mãos no meio de um monte de resíduos de carvão. À vista disso, Menzies, o escocês, deu um grito de raiva e correu para os assassinos com uma barra de ferro, mas foi atingido por duas balas no rosto e caiu morto justamente aos pés deles.

Alguns mineiros se mostraram revoltados, outros soltaram gritos de piedade e de raiva, mas dois dos forasteiros esvaziaram os tambores de seus revólveres sobre a cabeça de todos eles, o que os fez debandar e dispersar-se, com alguns deles correndo apressadamente para suas casas em Vermissa.

Quando uns poucos dos mais bravos se haviam reunido e ocorreu um retorno à mina, a gangue de assassinos tinha desaparecido no nevoeiro da manhã, sem que uma única testemunha fosse capaz de reconhecer a identidade desses homens, que, diante de uma centena de espectadores, tinham cometido esse duplo crime.

Scanlan e McMurdo decidiram voltar para casa; Scanlan, um tanto desnorteado, pois era o primeiro trabalho de assassinato que tinha contemplado com os próprios olhos e que lhe parecia menos divertido do que havia sido levado a acreditar. Os horríveis gritos da mulher do administrador morto os perseguiam enquanto corriam para a cidade. McMurdo estava absorto e em silêncio, mas não mostrava simpatia pela fraqueza do companheiro.

— Certamente, isso é como uma guerra — repetia ele. — O que é senão uma guerra entre nós e eles? E nós damos o troco sempre que pudermos.

Nessa noite, foi organizada uma grande festa no salão da Loja, na sede do Sindicato, não somente para comemorar o duplo assassinato do administrador e do engenheiro da mina de Crow Hill, que haveria de colocar na linha as outras companhias chantageadas e aterrorizadas do distrito, mas também para rememorar um distante triunfo conquistado pelas mãos da própria Loja.

Parece que o delegado do condado, ao enviar cinco homens capazes para desferir um golpe em Vermissa, tinha pedido que, em troca, três homens de Vermissa devessem ser secretamente selecionados e enviados para matar William Hales, da Stake Royal, um dos mais conhecidos e populares proprietários de mina, no distrito de Gilmerton, homem que acreditava não ter inimigos no mundo; pois era, sob todos os aspectos, um modelo de empregador. Tinha insistido, no entanto, na eficiência no trabalho e, portanto, havia despedido alguns beberrões e empregados indolentes, que eram membros da todo-poderosa sociedade. Bilhetes com ameaças de morte afixados na parte externa da porta não haviam enfraquecido sua resolução e, assim, num país livre e civilizado, via-se ele próprio condenado à morte.

A execução fora levada a efeito a contento. Ted Baldwin, que agora se sentava orgulhosamente no assento de honra, ao lado do grão-mestre, tinha sido o chefe do grupo. Seu rosto vermelho e seus olhos vítreos e injetados de sangue revelavam falta de sono e bebida. Ele e seus dois camaradas haviam passado a noite anterior nas montanhas. Estavam mal-arrumados e com a roupa suja por terem ficado ao relento. Mas nenhum herói, retornando de um empreendimento arriscado, poderia ter tido uma recepção mais calorosa por parte de seus camaradas.

A história era contada e recontada entre gritos de júbilo e estrondosas gargalhadas. Eles tinham ficado à espera do homem enquanto viajava para casa ao cair da noite, ficando de tocaia no alto de uma colina íngreme, onde o cavalo era forçado a andar a passo lento. O homem estava tão encapotado para se proteger do frio que nem sequer conseguiu pôr a mão no revólver. Eles o puxaram para fora da carruagem e o abateram a tiros. Tinha gritado por misericórdia e os gritos dele eram repetidos para divertimento dos membros da Loja.

– Façam-nos ouvir de novo como ele berrava – gritavam eles.

Nenhum deles conhecia a vítima; mas há sempre um eterno drama numa matança, e eles tinham mostrado aos Vingadores de Gilmerton que os homens de Vermissa eram realmente confiáveis.

Houvera, no entanto, um contratempo, pois um homem e sua mulher chegavam ao local quando eles ainda estavam esvaziando seus revólveres contra o corpo inerte. Foi sugerido que deveriam matar também os dois, mas eram pessoas humildes, que não estavam ligadas com as minas; desse modo, pediram-lhes com firmeza para que seguissem adiante e guardassem silêncio, caso contrário, coisa pior poderia lhes acontecer. Assim, o corpo manchado de sangue foi deixado como um aviso para todos esses empregadores intolerantes, e os três nobres Vingadores fugiram para as montanhas, onde a natureza incólume chega até a beirada das fornalhas e dos montes de resíduos. Aí estavam eles, sãos e salvos, com o trabalho executado e com os aplausos de seus companheiros batendo em seus ouvidos.

Tinha sido um grande dia para os Vingadores. A sombra se havia tornado ainda mais escura sobre o vale. Mas como o sensato general escolhe o momento da vitória, redobrando seus esforços, de modo que seus inimigos podem não ter tempo suficiente para se reorganizar depois do desastre, da mesma forma McGinty, olhando para a cena de suas operações com seus olhos pensativos e maliciosos, havia tramado um novo ataque contra seus opositores. Nessa mesma noite, quando o grupo dos embriagados se dispersou, tomou McMurdo pelo braço e o conduziu para o cômodo interior, onde eles se haviam encontrado pela primeira vez.

— Olhe só, meu rapaz — disse ele —, finalmente, consegui um serviço digno de você. Cabe a você dirigir a operação.

— Sinto-me orgulhoso ao ouvir isso — respondeu McMurdo.

— Pode levar dois homens: Manders e Reilly. Já foram avisados a respeito. Nunca vamos estar tranquilos nesse distrito até que Chester Wilcox continue estabelecido aqui, e todas as Lojas da região carbonífera lhe ficarão gratas se conseguir liquidá-lo.

— De qualquer modo, vou fazer o meu melhor. Quem é ele e onde poderei encontrá-lo?

McGinty tirou seu eterno charuto, meio mascado, meio fumado, do canto da boca e passou a desenhar um tosco diagrama numa página de seu bloco de notas.

— Ele é o primeiro capataz da Iron Dyke Company. É um cidadão duro, antigo primeiro sargento da guerra, cheio de cicatrizes e de cabelos grisalhos. Fizemos duas tentativas para eliminá-lo; mas não tivemos sorte e, numa delas, Jim Carnaway perdeu a vida. Agora cabe a você dar conta do recado. Essa é a casa — totalmente isolada, na encruzilhada da Iron Dyke, como pode ver aqui no mapa — sem nenhuma outra ao alcance de tiro. Não convém arriscar durante o dia. Ele anda armado e atira rápido e certeiro, sem perguntar nada. Mas à noite, bem, está lá com a mulher, três filhos e uma criada. Não pode separar e escolher. Ou todos ou nenhum. Se você conseguisse deixar uma sacola de pólvora explosiva junto da porta da frente, com uma mecha lenta...

— O que fez esse homem?

— Já não lhe disse que matou Jim Carnaway?

— Por que atirou nele?

— Que raio tem isso a ver com você? Carnaway estava se aproximando da casa dele à noite e levou um tiro. É o quanto basta para mim e para você. Deve, portanto, resolver o caso.

– E essas duas mulheres e crianças. Devem ser abatidas também?

– Devem. Caso contrário, como vamos nos sair dessa?

– Parece cruel, pois elas não fizeram nada.

– Que conversa doida é essa? Está recuando?

– Calma, conselheiro, calma! O que eu já disse ou fiz algum dia para que o senhor pudesse pensar que estivesse pretendendo me subtrair a uma ordem do grão-mestre de minha própria Loja? Certo ou errado, cabe ao senhor decidir.

– Então aceita fazê-lo?

– Claro que vou fazê-lo.

– Quando?

– Bem, gostaria que me desse uma noite ou duas para que eu possa ver a casa e traçar meus planos. Então...

– Muito bem – disse McGinty, apertando-lhe a mão. – Deixo-o a seu critério. Será um grande dia quando nos trouxer a notícia. É precisamente o último golpe para pôr todos eles de joelhos.

McMurdo refletiu longa e profundamente sobre a missão que tão subitamente lhe havia sido confiada. A casa isolada de Chester Wilcox ficava a cerca de 5 milhas de distância, num vale adjacente. Nessa mesma noite, McMurdo saiu sozinho para preparar o atentado. Já era dia quando voltou do reconhecimento do local. No dia seguinte, encontrou-se com seus dois subordinados, Manders e Reilly, dois rapagões despreocupados que se mostravam tão animados como se se tratasse de caça ao cervo.

Duas noites depois, eles se encontraram fora da cidade, bem armados, e um deles carregando uma sacola abarrotada de explosivos, que eram usados nas pedreiras. Já eram 2 da manhã quando chegaram à casa isolada. Era uma noite de vento forte com nuvens esparsas, que passavam velozmente diante da face da lua em quarto crescente. Tinham sido avisados para tomar cuidado com os cães de guarda; por isso avançavam cautelosamente com seus revólveres engatilhados nas mãos. Mas não havia qualquer ruído, a não ser o assobio do vento, e nenhum movimento, excetuando-se o roçar dos galhos acima deles.

MccMurdo colou o ouvido à porta da casa isolada, mas o silêncio era total. Encostou então o recipiente de explosivos contra essa porta, abriu nele um buraco com a faca e introduziu a mecha. Quando estava bem acesa, ele e seus dois companheiros correram e ficaram a alguma distância, abrigados e seguros num fosso protetor, antes que o estrondo da explosão, com o ruído surdo e prolongado da construção ruindo, lhes dissesse que seu trabalho havia sido concluído. Nenhuma tarefa mais limpa, constante dos anais manchados de sangue da sociedade, havia sido jamais executada.

Mas, infelizmente, esse trabalho tão bem organizado e audaciosamente executado tinha dado em nada! Advertido pelo destino de várias vítimas e sabendo que estava marcado para morrer, Chester Wilcox se havia mudado com a família, justamente no dia anterior, para uma área mais segura e menos conhecida, onde vivia protegido por uma guarda policial. Foi uma casa vazia que tinha sido destruída pela explosão, e o rígido primeiro sargento da guerra continuava exigindo disciplina dos mineiros da Iron Dike.

– Deixem-no para mim – disse McMurdo. – Esse homem é meu e vou agarrá-lo, nem que tenha de esperar um ano.

A Loja aprovou por unanimidade um voto de gratidão e de confiança a ele e assim se encerrou momentaneamente a questão. Quando, poucas semanas depois, os jornais noticiaram que Chester Wilcox fora morto numa emboscada, todos concluíram que McMurdo ainda estivera atuando em sua tarefa inacabada.

Esses eram os métodos da Sociedade dos Homens Livres e

esses eram os feitos dos Vingadores, por meio dos quais disseminavam suas regras de terror sobre o grande e rico distrito, que, por um período tão longo, estava sendo assombrado por sua terrível presença. Por que essas páginas haveriam de ser manchadas por ulteriores crimes? Não disse o suficiente para mostrar esses homens e seus métodos?

Esses fatos estão gravados na história e há registros nos quais seus pormenores podem ser lidos. Neles podem ser encontrados os assassinatos dos policiais Hunt e Evans, porque tiveram a coragem de prender dois membros da sociedade – que haviam cometido dupla violência planejada na Loja de Vermissa e executada a sangue-frio contra dois homens inofensivos e desarmados. Como ainda se pode ler a respeito do assassinato da senhora Larbey, enquanto cuidava do marido, que havia sido espancado quase até a morte, a mando do chefão McGinty; e ainda do assassinato de Jenkins, logo seguido pelo do irmão mais novo; da mutilação de James Murdoch; do extermínio completo da família Staphouse e da matança dos Stendal, todos perpetrados, um após outro, no decorrer desse mesmo terrível inverno.

Densa e escura pairava a sombra sobre o Vale do Medo. Despontava a primavera, com seus riachos escorrendo céleres e com as árvores em flor. Havia esperança para toda a natureza sufocada por garras férreas; mas não havia qualquer esperança para homens e mulheres que viviam sob o jugo do terror. Jamais a nuvem acima deles tinha sido tão escura e desesperadora como no início do verão de 1875.

Capítulo VI
Perigo

Era o auge do reinado do terror. McMurdo, que já havia sido promovido a subchefe, com todas as probabilidades de algum dia suceder McGinty como grão-mestre, era agora tão imprescindível às reuniões com os camaradas que nada era feito sem seus conselhos. Quanto mais popular se tornava entre os Homens Livres, contudo, mais hostis eram as expressões dos habitantes contra ele quando passava pelas ruas de Vermissa. Apesar do terror, os cidadãos começavam a criar coragem para se organizarem contra seus opressores. Já haviam chegado à Loja rumores de reuniões secretas na redação do *Herald* e da distribuição de armas de fogo entre os cidadãos que respeitavam a lei. Mas McGinty e seus comparsas continuavam imperturbáveis diante dessas notícias. Eles eram numerosos, resolutos e bem armados. Seus opositores não tinham coesão e força. Tudo acabaria, como ocorrera no passado, com palavras infrutíferas e, possivelmente, com algumas prisões inúteis. Era o que diziam McGinty, McMurdo e os espíritos mais exaltados.

Era um sábado à noite de maio. Sábado era sempre o dia de reunião na Loja, que ocorria à noite, e McMurdo se preparava para sair de casa, para comparecer a essa reunião, quando Morris, o irmão mais fraco da Ordem, veio procurá-lo. Estava com a testa enrugada, e sua expressão facial normalmente tranquila mostrava-o abatido e perturbado.

– Posso lhe falar abertamente, McMurdo?

– Com certeza.

– Não posso me esquecer que lhe abri meu coração uma vez e que o guardou consigo, mesmo que o chefão tenha vindo lhe perguntar a respeito.

– Que outra coisa poderia fazer, se confiou em mim? Não é que eu concordasse com o que você falou.

– Sei muito bem. Mas você é o único com quem posso falar e ficar a salvo. Tenho um segredo aqui comigo – ele pôs a mão no peito – e é algo que me devora por dentro. Preferiria que outro qualquer estivesse a par dele e não eu. Se o revelar, isso significa assassinato, com toda a certeza. Se ficar calado, talvez acarrete o fim de todos nós. Que Deus me ajude, mas estou endoidecendo por causa disso!

McMurdo olhou seriamente para o homem. Tremia dos pés à cabeça. Serviu um pouco de uísque e lhe alcançou o copo.

– Isso pode dar coragem para alguém como você – disse ele. – Agora, fale.

Morris bebeu e seu rosto pálido se tingiu de um pouco de cor.

– Posso contar tudo numa única frase – ponderou ele. – Há um detetive em nosso encalço.

McMurdo fitou-o, estupefato.

– Ora, ora, amigo, você está doido – disse ele. – Este lugar não está cheio de policiais e detetives e que dano nos infligiram até agora?

— Não, não, não é nenhum homem do distrito. Como você diz, nós os conhecemos e é muito pouco o que podem fazer. Já ouviu falar da Agência de Investigações Pinkerton?

— Já li algo relativo a esse nome.

— Bem, pode ter inteira certeza de que você não tem a mínima chance quando eles estiverem em seu encalço. Não é simples brincadeira. É um negócio extremamente sério e eles se propõem a obter resultados e vão em frente até consegui-los de um modo ou de outro. Se um dos homens da Pinkerton vai a fundo nesse negócio, estamos todos perdidos.

— Devemos matá-lo.

— Ah! É o primeiro pensamento que lhe vem à cabeça! De qualquer modo, isso deve ser transmitido à Loja. Não lhe disse que terminaria em assassinato?

— Certamente, e o que é assassinato? Não é uma coisa bastante comum por aqui?

— Sim, é verdade; mas não cabe a mim apontar o homem a ser assassinado. Nunca mais me sentiria em paz. Ainda assim, são nossas cabeças que estão a prêmio. Pelo amor de Deus, que posso fazer?

Ele balançava para a frente e para trás em sua agonianteindecisão. Mas as palavras dele tinham tocado McMurdo profundamente. Era fácil ver que compartilhava da opinião do outro sobre o perigo e a necessidade de enfrentá-lo. Agarrou Morris pelos ombros e o sacudiu com veemência.

— Olhe aqui, homem! — gritou ele e quase chiava as palavras de tão exaltado. — Você não consegue nada ficando aí sentado chorando como uma velha viúva num velório. Vamos aos fatos. Quem é o sujeito? Onde está? Como soube dele? Por que veio me procurar?

— Procurei-o porque é a única pessoa que poderia me aconselhar. Já lhe contei que eu tinha uma casa comercial no leste, antes de vir para cá. Deixei bons amigos por lá e um deles trabalha no serviço telegráfico. Aqui está uma carta que recebi dele ontem. O que interessa é a parte no topo da página. Pode lê-la.

McMurdo leu o seguinte:

"Como vão os Vingadores por aí? Lemos muitas coisas a respeito deles nos jornais. Mas gostaria de ter notícias suas sobre essa questão. Cinco grandes empresas e duas companhias da rede ferroviária já tomaram a si o caso, tratando-o como extremamente grave. Querem dar um fim nisso e pode apostar que vão conseguir! Estão se envolvendo nisso a fundo. A Agência Pinkerton foi contratada para coordenar a investigação, e seu melhor agente, Birdy Edwards, já entrou em ação. Tudo vai ser resolvido num breve prazo."

– Agora, leia o *post-scriptum*.

"Obviamente, o que lhe escrevo é o que fiquei sabendo no serviço; por isso não deve ser passada adiante. Há chaves cifradas esquisitas, com as quais lidamos todos os dias e nada nos dizem."

McMurdo ficou calado por algum tempo, com a carta em suas mãos desatentas. A névoa se havia dissipado por um momento e ali estava o abismo diante dele.

– Mais alguém sabe disto? – perguntou ele.

– Não o contei a mais ninguém.

– Mas esse homem – seu amigo – tem outra pessoa por aqui a quem provavelmente haveria de escrever a respeito?

– Bem, ouso dizer que conhece mais uma ou duas.

– Da Loja?

– É bastante provável.

– Estou perguntando porque é possível que ele tenha dado uma descrição desse sujeito chamado Birdy Edwards. Então poderíamos seguir suas pegadas.

– Bem, é possível. Mas não acho que ele o conheça. Só está me transmitindo a notícia que chegou a ele pelo serviço telegráfico. Como poderia conhecer esse homem da Pinkerton?

McMurdo deu um salto repentino.

– Com os diabos! – exclamou ele. – Já sei quem é! Que tolo fui ao não me dar conta de imediato! Oh! Estamos com sorte! Vou apanhá-lo antes que nos faça algum mal. Escute, Morris! Você deixaria esse assunto em minhas mãos?

– Com certeza, desde que me exima de qualquer responsabilidade.

– É o que vou fazer. Você vai ficar fora de tudo e deixe que me encarregue disso. Até mesmo seu nome não precisa ser mencionado. Deixe comigo e faça de conta que essa carta foi dirigida a mim. Está satisfeito agora?

– Era justamente o que haveria de lhe pedir.

– Então está combinado e fique bem quieto. Agora, vou até a Loja e logo vamos deixar o homem da Pinkerton lamentando por sua desventura.

– Não vai matar esse homem?

– Quanto menos souber, amigo Morris, tanto mais tranquila estará sua consciência e melhor você vai dormir. Não faça perguntas e deixe as coisas se acomodarem. O caso está sob meus cuidados agora.

Morris sacudiu a cabeça tristemente, enquanto ia saindo.

– Sinto que o sangue dele vai recair sobre mim – murmurou ele.

– De qualquer modo, legítima defesa não é crime – disse McMurdo, com um sorriso um tanto forçado. – É ele... ou nós. Acho que esse homem nos destruiria se o deixássemos ficar muito tempo no vale. Ora, irmão Morris, deveríamos elegê-lo grão-mestre, pois acaba certamente de salvar a Loja!

Ainda assim, era evidente por suas ações que ele pensava

mais seriamente sobre essa nova intrusão do que suas palavras podiam mostrar. Talvez fosse sua consciência culpada, talvez fosse a reputação da organização Pinkerton, talvez fosse o conhecimento de que as grandes e ricas corporações haviam assumido a operação de eliminar os Vingadores, mas, quaisquer que fossem as razões, suas ações eram as de um homem que se preparava para o pior. Todos os papéis que poderiam incriminá-lo foram destruídos antes que deixasse a casa. Depois disso, deu um longo suspiro de satisfação, pois lhe parecia estar seguro. Mesmo assim, o perigo ainda o estava deixando um tanto preocupado, pois, a caminho da Loja, parou na pensão do velho Shafter. Não lhe era mais permitido entrar na casa, mas, quando bateu na janela, Ettie saiu para encontrar-se com ele. A sagacidade do irlandês havia desaparecido dos olhos do namorado. Ela conseguiu ler o perigo no rosto compenetrado dele.

– Aconteceu alguma coisa! – exclamou ela. – Oh! Jack, você corre perigo!

– Certo, mas nada de muito grave, minha querida. Mesmo assim, talvez seja mais sensato fazer uma mudança, antes que fique pior.

– Fazer uma mudança?

– Uma vez lhe prometi que algum dia eu iria partir. Acho que a hora está chegando. Tive notícias esta noite, más notícias, e há problemas à vista.

– A polícia?

– Bem, um agente da Pinkerton. Mas você não deve saber do que se trata nem do que isso significa para alguém como eu. Estou envolvido demais nessa coisa e talvez tenha de cair fora rapidamente. Disse que viria comigo, se eu fosse embora.

– Oh! Jack, seria sua salvação!

– Sou um homem honesto em certas coisas, Ettie. Eu não tocaria num fio de seu cabelo por nada que o mundo pudesse me dar, nem a rebaixaria de uma única polegada do trono dourado acima das nuvens, onde sempre a vejo. Você confia em mim?

Ela lhe estendeu a mão sem dizer palavra.

– Bem, escute então o que vou lhe dizer e faça o que vou lhe ordenar, pois, na verdade, é o único meio de nos salvarmos. Coisas vão acontecer neste vale. Já não tenho mais dúvida alguma. Talvez muitos de nós tenhamos de cuidar de nós mesmos, cada um por si. De qualquer modo, eu sou um deles. Se eu for, de dia ou de noite, gostaria que você viesse comigo.

– Eu iria atrás de você, Jack.

– Não, não, você deve vir comigo. Se este vale estiver fechado para mim e nunca puder voltar, como poderia abandoná-la, e eu, talvez, me escondendo da polícia, sem a mínima chance de receber uma mensagem sua? É comigo que deve ir. Conheço uma boa mulher no lugar de onde vim e é lá que pretendo deixá-la até que possamos nos casar. Vai comigo?

– Sim, Jack, vou.

– Deus a abençoe por confiar em mim! Que o diabo me carregue se não corresponder à sua confiança. Agora, preste bem atenção, Ettie; mandarei um único recado e, quando o receber, largue tudo e vá diretamente à sala de espera da estação ferroviária; e fique lá até eu aparecer.

– De dia ou de noite, ao receber o recado, irei, Jack.

Um pouco mais tranquilo, agora que tinha começado seus preparativos para a fuga, McMurdo se encaminhou para a Loja. Os membros já estavam reunidos e só pôde passar pelos guardas externos e internos depois de se identificar com as complicadas senhas e contrassenhas de acesso. Um murmúrio de prazer e de boas-vindas saudou a entrada dele. A longa sala estava repleta e, através do nevoeiro da fumaça de cigarros e charutos, divisou a revolta cabeleira negra do grão-mestre, o semblante cruel e de poucos amigos de Baldwin, as feições de abutre do secretário Harraway e as fisionomias de mais uma dúzia de líderes da Loja. Ficou contente ao ver que estavam todos presentes, para tomar conhecimento da notícia que lhes trazia.

– De fato, é bom que tenha vindo, irmão – exclamou McGinty. – Temos aqui um caso que exige um julgamento ao modo de Salomão, para que se faça justiça.

– Trata-se de Lander e de Egan – explicou o vizinho dele, quando tomava seu assento. – Ambos reclamam a devida recompensa, dada pela Loja, pelo assassinato do velho Crabbe, em Stylestown, mas não é possível saber qual dos dois desfechou o tiro fatal.

McMurdo pôs-se de pé e ergueu a mão. A expressão de seu rosto paralisou a atenção dos presentes. Houve um silêncio mortal de expectativa.

– Eminente grão-mestre – disse ele, numa voz solene –, reivindico máxima urgência!

– O irmão McMurdo pede urgência – falou McGinty. – É um pedido que, pelas regras desta Loja, tem precedência. Agora, irmão, a palavra é sua.

McMurdo tirou a carta do bolso.

– Eminente grão-mestre e irmãos – disse ele. – Neste dia, sou portador de más notícias; mas é melhor que todos tomem conhecimento e as discutam do que ficarmos à mercê de um golpe que cairia sobre nós, sem aviso, e que nos destruiria. Tenho a informação de que as mais poderosas e ricas empresas deste Estado se reuniram para nos liquidar e que, neste exato momento, há um detetive da Pinkerton, um tal de Birdy Edwards, atuando no vale para coletar provas que podem colocar uma corda no pescoço de muitos dentre nós e mandar todos os presentes nesta sala a uma cela de criminosos. Esta é a situação a ser discutida e é por isso que fiz um pedido de urgência.

Houve um silêncio mortal na sala. Foi rompido pelo presidente da assembleia.

– Que provas tem disso, irmão McMurdo? – perguntou ele.

– As que estão nesta carta que chegou a minhas mãos – disse McMurdo, que leu a passagem em voz alta. – Por uma questão de honra, não posso fornecer outros pormenores sobre a carta nem colocá-la em suas mãos; mas asseguro-lhes que não há nada mais nela que possa afetar os interesses da Loja. Ponho o caso à apreciação de todos tal como chegou a mim.

– Permita-me, senhor presidente – disse um dos irmãos mais idosos –, que informe a todos que já ouvi falar de Birdy Edwards e que carrega a fama de ser o melhor detetive a serviço da Pinkerton.

– Alguém de vocês o conhece de vista? – perguntou McGinty.

– Sim – disse McMurdo. – Eu o conheço.

Um murmúrio de estupefação correu pela sala.

– Creio que já o temos na concha das mãos – continuou ele, com um sorriso exultante estampado no rosto. – Se agirmos com rapidez e sensatez, podemos cortar o mal pela raiz. Se eu tiver a confiança e a ajuda de vocês, pouco teremos a temer.

– De qualquer modo, o que temos a temer? O que pode ele saber de nossos negócios?

– Poderia falar assim se todos fossem leais como o senhor, conselheiro. Mas esse homem tem todos os milhões dos capitalistas a seu dispor. Acha que não há nenhum irmão mais fraco em todas as nossas Lojas que possa ser subornado? Ele teria acesso a nossos segredos – talvez já o tenha. Há um só jeito por certo.

– Que ele nunca mais possa sair deste vale – bradou Baldwin.

McMurdo concordou com um aceno da cabeça.

– Muito bem, irmão Baldwin – disse ele. – Tivemos nossas diferenças, mas agora você falou a pura verdade.

– Onde está esse sujeito? Como poderemos reconhecê-lo?

– Eminente grão-mestre – disse McMurdo, seriamente. – Permita-me dizer-lhe que é uma coisa vital demais para todos nós, para que seja discutida pela assembleia geral. Deus queira que eu não lance nenhuma dúvida sobre qualquer um dos presentes, mas, se uma única palavra chegar aos ouvidos desse homem, cairiam por terra todas as nossas chances de apanhá-lo. Pediria à Loja que escolhesse uma comissão confiável, senhor presidente. Sugeriria o senhor mesmo, o irmão Baldwin e mais cinco. Então poderei falar abertamente sobre o que sei e sobre o que aconselho que poderia ser feito.

A proposta foi imediatamente aprovada, e a comissão, escolhida. Além do grão-mestre e de Baldwin, foram escolhidos Harraway, o secretário com expressão de abutre, Tiger Cormac, o jovem assassino brutal, o tesoureiro Carter e os dois irmãos Willaby, indivíduos temíveis e encarniçados, que batiam até no vento.

A habitual reunião festiva da Loja foi breve e insípida, pois uma nuvem pairava sobre o espírito desses homens, e muitos deles viam, pela primeira vez, as malhas da Justiça flutuando acima deles naquele céu sereno sob o qual tinham vivido tanto tempo. Os horrores infligidos aos outros haviam sido tantos nessa vida cômoda que levavam, que a simples ideia de uma reviravolta lhes era tão remota, e agora pareciam estar mais sobressaltados ainda ao ver que estava para se concretizar. Eles se dispersaram muito cedo e deixaram seus líderes em sua reunião privada.

– E então, McMurdo! – falou McGinty, quando estavam a sós. Os sete homens estavam petrificados em seus assentos.

– Há pouco falei que conhecia Birdy Edwards – explicou McMurdo. – Inútil será lhes dizer que não se encontra aqui sob esse nome. É um homem corajoso, mas não é um doido. Ele se faz passar por Steve Wilson e está alojado em Robson's Patch.

– Como sabe disso?

– Porque tive a oportunidade de falar com ele. Não dei importância ao fato no momento nem lhe teria dado depois, a não ser por causa desta carta; mas agora tenho certeza de que ele é o homem. Encontrei-o no trem quando, na quarta-feira, seguia por essa linha – um puro acaso, se realmente existe acaso. Ele me disse que era repórter. Nesse momento, acreditei. Queria saber tudo sobre os Vingadores e sobre o que ele chamava de "violências", para um jornal de Nova Iorque. Ele me fez todo tipo de perguntas, para tentar pescar alguma coisa. Pode ficar tranquilo que nada disse demais. "Vou pagar por isso e pago bem", disse ele, "se puder conseguir matéria que deixe meu editor satisfeito." Falei o que achava que lhe agradava mais e ele me deu 20 dólares por minhas informações. "Pago dez vezes mais", disse ele, "se me der todas as informações que eu quero."

– O que lhe contou, então?

– Qualquer coisa sem importância, que me viesse à cabeça na hora.

– Como descobriu que ele não era jornalista?

– Vou contar. Ele desceu, como eu, em Hobson's Patch. Mais tarde, eu entrei no posto do telégrafo, justamente quando ele estava saindo. Logo que se afastou, conversei com o telegrafista, que observou: "Acho que deveríamos taxar em dobro telegramas desse tipo". "Acho que deveria," disse eu. Ele havia preenchido o formulário com uma matéria que parecia em chinês, pelo que pudemos constatar. "Ele envia uma folha dessas todos os dias," disse o telegrafista. "Sim," disse eu, "é uma notícia especial para o jornal e ele tem medo que outros possam entender o que está escrito". Foi isso que o operador pensou e eu também naquele momento; mas agora penso de modo diferente.

– Com os diabos! Creio que você tem razão – disse McGinty. – Mas o que acha que devemos fazer?

– Por que não vamos para lá agora mesmo e o apanhamos? – sugeriu alguém.

– Sim, quanto mais cedo, melhor.

– Iria dentro de um minuto, se soubesse onde encontrá-lo – respondeu McMurdo. – Está em Hobson's Patch, mas não sei em qual casa. Apesar disso, tenho um plano, se concordarem comigo.

– Bem, e qual é?

– Vou a Hobson's Patch amanhã pela manhã. Vou encontrá-lo com a ajuda do telegrafista. Acho que ele pode localizá-lo. Bem, então vou revelar a ele que eu mesmo sou Homem Livre. Vou lhe oferecer todos os segredos da Loja por um bom preço. Aposto como cairá nessa. Vou dizer que tenho documentos em minha casa, mas que minha vida correrá perigo, se ele for visto chegar de visita durante o dia. Ele vai ver que isso faz todo o sentido. Vou convidá-lo a vir às 10 da noite e poderá ver tudo. Certamente que isso vai interessá-lo.

– E então?

– Vocês mesmos podem planejar o resto. A casa da viúva MacNamara fica bem retirada. Ela é de absoluta confiança e surda como uma porta. Somente Scanlan e eu somos hóspedes daquela casa. Se eu conseguir que ele se comprometa a vir – e vou deixá-los a par, caso consiga –, devo contar com vocês sete por lá, em torno das 9 horas. Entrará vivo. Mas se conseguir sair vivo – bem, poderá falar da sorte de Birdy Edwards pelo resto de seus dias.

– Vai haver uma vaga nas fileiras da Pinkerton, se não me engano. Está combinado, McMurdo. Às 9 da noite, amanhã, estaremos com você. Uma vez que feche a porta atrás dele, pode deixar o resto por nossa conta.

Capítulo VII
A Armadilha de Birdy Edwards

Como McMurdo havia dito, a casa em que morava era isolada e, portanto, local propício para esse crime que haviam planejado. Estava situada no limite extremo da cidade e bem recuada em relação à rua. Se assim não fosse, os conspiradores poderiam simplesmente chamar o homem para fora, como haviam feito muitas vezes antes, e descarregar seus revólveres contra ele; mas nesse caso era realmente necessário descobrir quanto ele sabia, como o ficara sabendo e o que havia transmitido à Pinkerton.

Era bem possível que já tivessem chegado tarde demais e que o trabalho já tivesse sido feito. Se assim fosse realmente, eles poderiam, pelo menos, vingar-se no homem que o havia feito. Mas tinham esperança de que nada de grande importância já tivesse chegado ao conhecimento do detetive, caso contrário, argumentavam eles, não se teria preocupado tanto em reunir e enviar informações tão triviais, como as que McMurdo afirmava ter-lhe passado. Tudo isso, porém, haveriam de sabê-lo de sua própria boca. Uma vez em poder deles, saberiam encontrar um meio de fazê-lo falar. Não seria a primeira vez que iriam apanhar uma testemunha que se recusava a colaborar.

Como concordado, McMurdo foi para Hobson's Patch. A polícia parecia ter particular interesse nele, naquela manhã, e o capitão Marvin... que se havia lembrado do velho conhecido de Chicago... realmente se dirigiu a ele, enquanto esperava na estação. McMurdo virou as costas e se recusou a falar com ele. À tarde, estava de volta de sua missão e foi se encontrar com McGinty na sede do Sindicato.

– Ele vem – disse ele.

– Ótimo! – replicou McGinty.

O gigante estava em mangas de camisa, com correntes e broches brilhando transversalmente sobre seu vasto colete e um diamante cintilando à borda de sua barba eriçada. A senda do crime e a política haviam feito do chefão um homem muito rico e poderoso. O que agora lhe parecia mais terrível, porém, era a perspectiva da prisão ou da forca, que se havia apresentado diante dele, na noite anterior.

– Acha que ele já sabe muita coisa? – perguntou, ansiosamente.

McMurdo sacudiu a cabeça, tristemente.

– Já está aqui há algum tempo... seis semanas, pelo menos. Acho que não veio para esses lados para admirar a paisagem. Se esteve trabalhando todo esse tempo entre nós, com o dinheiro das ferrovias à disposição dele, acredito que tenha colhido bons resultados e que já os tenha passado adiante.

– Não há nenhum fraco na Loja – exclamou McGinty. – De absoluta confiança, todos eles. Ainda assim, por Deus, há aquele traste do Morris. Que acha dele? Se alguém nos houvesse de trair, só poderia ser ele. Tenho em mente mandar dois de nossos rapazes, pouco antes do anoitecer, dar-lhe uma surra e ver o que podem arrancar dele.

– Bem, não haveria inconveniente nisso – respondeu McMurdo. – Não vou negar que eu até gosto de Morris e lamentaria vê-lo sofrer algum dano. Ele me falou, uma ou duas vezes, sobre assuntos relacionados à Loja e, embora ele possa ver as coisas diversamente do que eu ou o senhor, nunca me pareceu que fosse o tipo propenso a denunciar. Mas não cabe a mim interferir naquilo que possa ocorrer entre o senhor e ele.

– Vou dar um jeito nesse pobre diabo! – disse McGinty, praguejando. – Estou de olho nele há mais de ano.

– Bem, o senhor é quem sabe – respondeu McMurdo. – Mas o que quer que pretenda fazer deve deixá-lo para amanhã, pois devemos ficar quietos até resolvermos o caso Pinkerton. Não podemos nos permitir alertar a polícia justamente hoje.

– Tem razão – disse McGinty. –E vamos ficar sabendo do próprio Birdy Edwards onde conseguiu informações, se o ameaçarmos de todas as maneiras. Será que não desconfia de que seja uma armadilha?

McMurdo riu.

– Acho que o apanhei pelo ponto fraco dele – disse ele. – Se ele estiver seguindo uma boa pista dos Vingadores, está pronto para ir para o inferno. Aceitei o dinheiro dele – McMurdo sorriu, enquanto mostrava um maço de notas de dólar – e muito mais haverá de dar quando tiver visto todos os documentos.

– Que documentos?

– Bem, não há documentos. Mas lhe falei sobre estatutos, regulamentos e fórmulas de admissão na sociedade. Ele espera poder examinar todos antes de ir embora.

– De fato, é isso que ele espera – disse McGinty, sério. – Não perguntou por que motivo não lhe levou os documentos?

– Como se eu pudesse levar essas coisas, eu como suspeito e depois de o capitão Marvin ter tentado falar comigo na estação ferroviária!

– Sim, fiquei sabendo disso – confirmou McGinty. – Acho

que toda essa história ainda vai acabar por prejudicá-lo. Poderíamos atirá-lo num velho poço quando tivermos executado nosso trabalho; mas qualquer que seja a maneira de se desfazer dele, a polícia sabe que ele morava em Hobson's Patch e que você esteve lá hoje.

McMurdo deu de ombros.

– Se trabalharmos direito, eles nunca poderão provar quem o matou – disse ele. – Ninguém poderá vê-lo chegar a essa casa com a completa escuridão e vou fazer com que ninguém o veja sair. Agora, atenção, conselheiro. Vou lhe mostrar o plano e deverá pedir a seus homens que o sigam à risca. Vocês virão todos na hora aprazada. Muito bem. Ele vai chegar às 10. Vai dar três pancadas na porta e eu vou abrir. Depois o introduzo na casa e tranco a porta. Aí, ele já estará em nossas mãos.

– Tudo fácil e claro.

– Sim, mas o passo seguinte requer atenção. Ele é osso duro de roer. Está fortemente armado. Consegui iludi-lo da melhor maneira e, ainda assim, é provável que esteja bem alerta. Suponha que eu o coloque numa sala com sete homens, onde ele esperava se encontrar a sós comigo. Iria haver tiroteio e alguém poderia sair ferido.

– É isso mesmo.

– Além disso, o barulho haveria de atrair todos os malditos policiais da cidade para o local.

– Acho que tem razão.

– Por isso montei o esquema da seguinte forma. Vocês todos vão ficar na sala grande – a mesma que o senhor viu quando andou conversando comigo uma vez. Vou abrir a porta e deixo-o na pequena sala logo à entrada, enquanto vou buscar os documentos. Isso me dará oportunidade para lhes comunicar como andam as coisas. Volto em seguida para junto dele com alguns papéis falsos. Enquanto os estiver lendo, salto em cima dele e o desarmo. Vocês vão me ouvir chamar e entram imediatamente em ação. Quanto mais rápido, melhor, pois ele é forte como eu e pode ser que eu não dê conta sozinho. Mas garanto que consigo segurá-lo até vocês chegarem.

– É um bom plano – observou McGinty. – A Loja vai ficar em débito com você. Acredito que, ao me afastar do cargo que ocupo, vou indicar você para me suceder.

– Com toda a certeza, conselheiro, eu não passo de um simples recruta – disse McMurdo; mas o rosto dele demonstrava o que pensava do cumprimento desse homenzarrão.

Depois de chegar em casa, McMurdo começou os preparativos para a noite sinistra que tinha pela frente. Primeiramente, limpou, lubrificou e carregou o revólver Smith Wesson. Depois inspecionou a sala onde o detetive deveria cair no alçapão. Era um cômodo amplo, com uma longa mesa no centro e uma grande lareira ao lado. Em cada um dos demais lados havia janelas, sem persianas, e somente cortinas corriam sobre elas. McMurdo as examinou cuidadosamente. Sem dúvida, o cômodo estava exposto demais para um encontro tão secreto. Mesmo assim, não lhe deu grande importância, por causa da distância que se encontrava da rua. Finalmente, discutiu o assunto com seu companheiro de pensão. Apesar de ser também um Vingador, Scanlan era um sujeito muito fraco para fazer frente às opiniões de seus camaradas e ficava secretamente horrorizado com as missões sangrentas que, por vezes, tinha sido forçado a assistir. McMurdo lhe contou em resumo o que haveria de acontecer.

– Se eu fosse você, Mike Scanlan, passaria a noite fora e me manteria distante de tudo isso. Vai correr sangue por aqui antes do amanhecer.

– Bem, então, na verdade, Mac – respondeu Scanlan –, não

é a vontade que me falta, mas a coragem. Quando vi o administrador Dunn cair morto na mina de carvão, foi mais do que eu podia suportar. Não sou feito para isso, como você ou McGinty. Se a Loja não me julgar mal, vou seguir seu conselho e deixá-los a sós por esta noite.

Os homens chegaram pontualmente na hora marcada. Exteriormente, se apresentavam como respeitáveis cidadãos, bem vestidos e asseados; mas um perito em fisionomias teria vislumbrado pouca esperança de salvação para Birdy Edwards, diante daquelas bocas imóveis e desapiedados olhos. Não havia homem naquela sala cujas mãos já não se tivessem manchado de sangue uma dúzia de vezes. Eram tão calejadas em assassinar seres humanos como um açougueiro em abater ovelhas.

Acima de todos, é claro, em aparência e em culpa, estava o formidável chefão. O secretário Harraway era um homem magro e azedo de longo e rugoso pescoço e de membros nervosos e tremelicantes, homem de incorruptível justeza quanto às finanças da Ordem e com nenhuma noção de justiça ou de honestidade para com qualquer pessoa. O tesoureiro Carter era um homem de meia-idade, com uma expressão mais rabugenta que impassível e com uma pele amarela de pergaminho. Era um organizador capaz e os detalhes reais de praticamente todas as violências tinham surgido de seu complicado cérebro. Tiger Cormac, jovem pesado e moreno, era temido até mesmo por seus próprios camaradas pela ferocidade de sua disposição. Esses eram os homens que estavam reunidos naquela noite, sob o teto de McMurdo, para matar o detetive da Pinkerton.

McMurdo havia colocado uma garrafa de uísque sobre a mesa, e todos eles se apressaram em servir-se dela em vista do trabalho que tinham pela frente. Baldwin e Cormac já estavam meio embriagados, e o álcool fez recrudescer toda a sua ferocidade. Cormac colocou as mãos sobre a lareira por um instante – tinha sido acesa, porque as noites eram ainda muito frias.

– Isso serve – disse ele, soltando uma praga.

– Sim – apoiou Baldwin, compreendendo o que isso podia significar. – Se o amarrarmos aí, vai nos confessar toda a verdade.

– Vamos arrancar a verdade dele, sem problemas – concluiu McMurdo.

Esse homem tinha nervos de aço, pois, apesar de todo o peso do caso estar sobre suas costas, seus modos eram totalmente calmos e despreocupados. Os outros notaram isso e aplaudiram.

– Você é realmente o único indicado a lidar com ele – disse o chefe, em sinal de aprovação. – Nada haverá de perceber até que você tenha posto as mãos na garganta dele. É uma pena que essas janelas não tenham venezianas!

McMurdo se dirigiu a cada uma delas e fechou melhor as cortinas.

– Com toda a certeza, ninguém mais pode nos espiar agora. Está quase na hora.

– Talvez não venha. Talvez tenha farejado o perigo – observou o secretário.

– Não tenha medo, ele vai vir – respondeu McMurdo. – Está tão ansioso por vir como vocês por vê-lo. Escutem isso!

Ficaram sentados imóveis como estátuas de cera, alguns deles com os copos parados a meio caminho da boca. Três fortes pancadas ressoaram na porta.

– Psiu! – McMurdo levantou a mão em sinal de cautela. Um olhar exultante percorreu todo o círculo, e as mãos já pousavam sobre as armas.

– Nenhum barulho, por amor à vida! – cochichou McMurdo, enquanto ia saindo da sala, fechando a porta atrás de si.

Ouvidos atentos, os assassinos ficaram à espera. Contaram

os passos do colega pelo corredor. Ouviram-no abrir a porta externa. Houve algumas palavras, como que de cumprimentos. Depois perceberam uns passos estranhos e uma voz desconhecida. Um instante mais e um ruído da porta batendo e da chave girando na fechadura. A presa estava trancada na armadilha. Tiger Cormac não reprimiu uma rouquenha risada, e o chefão McGinty lhe aplicou uma imediata bofetada na boca.

– Fique quieto, seu doido! – sussurrou ele. – Vai querer estragar tudo?

Um murmúrio de vozes vinha da sala contígua. Parecia interminável. Então a porta se abriu e McMurdo apareceu, com um dedo sobre os lábios.

Ele se aproximou da ponta da mesa e olhou em redor para todos eles. Uma mudança sutil se verificava nele. Seus modos eram os de alguém que tinha um grande trabalho a fazer. Seu rosto tinha assumido uma expressão granítica. Seus olhos brilhavam com feroz excitação por trás de seus óculos. Ele se havia transformado num autêntico líder. Eles o fitaram com vivo interesse, mas ele nada disse. Com o mesmo olhar ainda, encarou um a um.

– Bem – exclamou o chefão McGinty, finalmente. – Ele está aqui? Esse Birdy Edwards já está aqui?

– Sim – respondeu McMurdo, vagarosamente. – Birdy Edwards está aqui. Birdy Edwards sou eu!

Depois dessas breves palavras, houve dez segundos durante os quais a sala parecia vazia, tão profundo era o silêncio. O chiar de uma chaleira fervendo sobre o fogão ressoava nítido e estridente aos ouvidos. Sete rostos lívidos, todos voltados para esse homem que os dominava, ficaram imóveis, colhidos de total terror. Então, com um repentino estalido de vidros quebrados, uma quantidade de canos reluzentes de rifle irrompeu em todas as janelas, enquanto as cortinas caíam de seus trilhos.

A essa vista, McGinty soltou um urro de urso ferido e se atirou para a porta entreaberta. Um revólver apontado o encontrou ali, com os firmes olhos azuis do capitão Marvin da Polícia das Minas surgindo atrás da mira. O chefão recuou e deixou-se cair para trás na cadeira.

– Está mais seguro assim, conselheiro – disse o homem que eles tinham conhecido como McMurdo. – E você, Baldwin, se não retirar já a mão da coronha do revólver, vai frustrar desde já o carrasco da forca. Ponha-o com o coldre sobre a mesa ou, por Deus, você me leva a... Ali, está bem. Há 40 homens armados em torno da casa, e podem muito bem imaginar que chances vocês têm. Recolha as armas deles, Marvin!

Não havia possibilidade de resistência diante da ameaça desses rifles. Os Vingadores estavam desarmados. Aturdidos, temerosos e espantados, continuavam sentados em torno da mesa.

– Gostaria de lhes dirigir algumas palavras antes de nos separarmos – disse o homem que os havia levado a cair na armadilha. – Creio que não vão mais me ver até nos encontrarmos diante do tribunal. Vou lhes passar algo para pensarem a partir deste momento e até lá. Agora vocês sabem quem eu sou realmente. Posso, enfim, colocar as cartas sobre a mesa. Sou Birdy Edwards, da Pinkerton. Fui escolhido para desbaratar sua gangue. Foi um jogo duro e perigoso para mim. Ninguém, mas ninguém mesmo, nem as pessoas mais próximas e caras para mim, sabiam que estava empenhado nessa missão. Somente o capitão Marvin, aqui presente, e meus superiores o sabiam. Mas, graças a Deus, tudo terminou esta noite e eu sou o vencedor!

Os sete rostos lívidos e rígidos olhavam para ele. Havia um ódio implacável nos olhos de todos. E ele conseguia ler essa inexorável ameaça.

– Talvez pensem que o jogo não terminou ainda. Bem, aceito esse risco. De qualquer modo, alguns de vocês não terão mais chances e há mais 60, além de vocês, que vão dormir atrás das grades esta noite. Vou lhes dizer que, ao ser indicado para essa tarefa, nunca pensei que existisse uma sociedade como a de vocês. Achava que era falatório de jornais e que eu iria provar que não passava disso. Disseram-me que deveria me envolver com os Homens Livres; assim, fui a Chicago e me filiei a essa sociedade. Então tive mais certeza que nunca que tudo isso era precisamente falatório de jornais, pois não encontrei nenhum mal na sociedade, mas muita coisa boa.

"Ainda assim, eu tinha que cumprir minha missão e vim para os vales do carvão. Quando cheguei a este lugar, compreendi que eu estava errado e que não era, de modo algum, boato sem fundamento. Assim, fiquei aqui para investigar. Nunca matei um homem em Chicago. Nunca cunhei um dólar em minha vida. Os dólares que lhes dei eram tão verdadeiros como todos os outros; mas nunca cheguei a gastar melhor o dinheiro. Sabia, porém, qual era o meio para cair nas boas graças de vocês e por isso fingi que os homens da lei estavam atrás de mim. Tudo funcionou precisamente como eu havia pensado."

"Dessa forma entrei em sua infernal Loja e tomei parte em seus conselhos. Talvez houve quem pensasse que eu era tão mau como vocês. Esses podiam dizer o que quisessem, uma vez que me associei a vocês. Mas qual é a verdade? Na noite em que me filiei, vocês espancaram o velho Stanger. Não pude avisá-lo, porque não tive tempo, mas detive sua mão, Baldwin, quando o teria matado. Se alguma vez sugeri coisas, tanto para conservar meu lugar entre vocês, eram coisas que eu sabia que podia evitar. Não me foi possível salvar Dunn e Menzies, pois não sabia o suficiente a respeito, mas posso antever agora que seus assassinos serão enforcados. Avisei Chester Wilcox, de modo que, ao mandar a casa pelos ares, ele e os seus já estavam em segurança. Houve muitos crimes que não pude deter, mas se olharem para trás e vislumbrarem quantas vezes o homem que visavam foi para casa por outra rua ou estava na cidade quando o procuravam em casa ou ficava dentro de casa quando vocês pensavam que tinha saído, vocês podem ver meu trabalho."

– Maldito traidor! – chiou McGinty, entre dentes.

– Sim, John McGinty, pode me chamar de traidor, se isso amaina sua desilusão. Você e seus asseclas têm sido inimigos de Deus e dos homens nessa região. Coube a alguém intrometer-se entre vocês e esses pobres diabos de homens e mulheres que vocês mantinham sob suas garras. Só havia um meio de fazer isso e eu o fiz. Você me chama de traidor, mas creio que milhares haverão de me chamar de libertador, que foi até o fundo do inferno para salvá-los. Tive três meses para tanto. Não gostaria de ter outros três meses iguais por nada deste mundo. Tive de ficar até conseguir tudo, cada homem e cada segredo exatamente aqui, na palma de minhas mãos. Teria esperado um pouco mais, se não tivesse chegado a meu conhecimento que meu segredo estava para ser desvendado. Uma carta que chegou à cidade poderia ter deixado vocês a par de tudo. Por isso tive de agir e rapidamente. Nada mais tenho a dizer, a não ser que, quando minha hora chegar, vou morrer em santa paz ao pensar sobre o trabalho que fiz neste vale. Agora, Marvin, não vou fazê-lo esperar mais. Cumpra sua obrigação e termine com isso."

Pouco mais resta a contar. Scanlan havia recebido um bilhete lacrado a ser entregue no endereço da senhorita Ettie Shafter, missão que ele aceitou com uma piscada de olhos e um sorriso aberto. Nas primeiras horas da manhã seguinte, uma linda mulher e um homem bem encapotado subiram num trem especial, posto à disposição pela companhia ferroviária, e fizeram uma rápida viagem, sem paradas, para longe daquela terra perigosa. Foi a última vez que Ettie e seu namorado puseram os pés no Vale do Medo. Dez dias mais tarde, eles se casaram em Chicago, com o velho Jacob Shafter como testemunha.

O processo dos Vingadores teve andamento longe do lugar onde seus partidários pudessem intimidar os guardas da lei. Lutaram em vão. Em vão o dinheiro da Loja – dinheiro extorquido com chantagem em toda a região – foi gasto como água na tentativa de salvá-los. Aquele frio, claro e tranquilo depoimento de alguém que conhecia cada detalhe da vida deles, sua organização e seus crimes era inabalável, deitando por terra todas as artimanhas de seus defensores. Finalmente, depois de tantos anos, estavam derrotados e dispersos. A nuvem se havia dissipado para sempre no vale.

McGinty encontrou seu destino no cadafalso, acovardando-se e choramingando quando sua última hora chegou. Oito de seus principais seguidores tiveram a mesma sorte. Mais de 50 outros sofreram diferentes condenações de anos de prisão. O trabalho de Birdy Edwards se completara.

Assim mesmo, como ele havia adivinhado, o jogo não tinha terminado ainda. Havia outro tempo a ser jogado e outro e mais outro. Ted Baldwin tinha escapado do cadafalso; assim também os Willaby e ainda vários outros dos mais ferozes elementos da gangue. Por dez anos ficaram afastados do mundo, e então chegou o dia em que estavam livres mais uma vez... dia em que Edwards, que conhecia seus inimigos, teve certeza de que seria o fim de sua vida de paz. Eles tinham jurado que vingariam com sangue a morte dos camaradas. E não pouparam esforços para cumprir o juramento!

Viu-se obrigado a sair de Chicago, depois de dois atentados que quase lhe tiraram a vida; tinha certeza de que não escaparia de um terceiro. Então, sob nome falso, transferiu-se para a Califórnia, onde, com a morte de Ettie Edwards, a luz de sua vida se apagou por um tempo. Uma vez mais esteve a ponto de ser morto e, uma vez mais, sob o nome de Douglas, foi trabalhar num cânion distante, onde, com um parceiro inglês chamado Barker, amealhou uma fortuna. Finalmente, foi avisado de que os cães inimigos estavam novamente em seu encalço e ele fugiu – justo a tempo – para a Inglaterra. E para cá veio John Douglas, que casou pela segunda vez com uma bela e digna mulher, e viveu, durante cinco anos como um cavalheiro do condado de Sussex, um período da vida que terminou com os estranhos acontecimentos anteriormente relatados.

Epílogo

O processo no tribunal da polícia foi concluído, e o caso de John Douglas foi remetido a uma instância superior. No tribunal de justiça, ele foi absolvido com o veredicto de que havia agido em legítima defesa.

"Tire-o da Inglaterra a qualquer custo", escreveu Holmes à senhora Douglas. "Há forças aqui que podem ser mais perigosas do que aquelas das quais ele escapou. Não há segurança para seu marido na Inglaterra."

Já se haviam passado dois meses, e o caso, até certo ponto, já tinha praticamente caído no esquecimento. Então, certa manhã, chegou uma mensagem enigmática, enfiada em nossa caixa do correio. "Meu Deus, senhor Holmes, meu Deus!", dizia o singular bilhete. Não havia endereçamento nem assinatura. Eu ri ante a estranha mensagem, mas Holmes mostrou uma invulgar seriedade.

– Demoníaco, Watson! – observou ele, e permaneceu por longo tempo sentado, de testa franzida.

Tarde da noite passada, a senhora Hudson, nossa hospedeira, veio nos avisar que um cavalheiro desejava falar com o senhor Holmes e que o assunto era de extrema importância. Logo depois dela apareceu à porta Cecil Barker, nosso amigo da mansão cercada de fossos de Birlstone, de rosto abatido e perturbado.

– Recebi uma má notícia... terrível notícia, senhor Holmes – disse ele.

– Era o que eu temia – retrucou Holmes.

– Não recebeu nenhum telegrama, não?

– Recebi um bilhete de alguém que deve ter recebido um telegrama.

– Trata-se do pobre Douglas. Disseram-me que o nome dele é Edwards, mas, para mim, será sempre Jack Douglas, de Benito Canyon. Eu lhe contei que os dois tinham partido para a África do Sul, três semanas atrás, no navio Palmyra.

– Exatamente.

– O navio chegou à Cidade do Cabo, ontem à noite. Recebi este telegrama da senhora Douglas hoje de manhã.

"Jack caiu ao mar durante tempestade ao largo da ilha de Santa Helena. Ninguém sabe como se deu o acidente. Ivy Douglas."

– Ha! Terminou dessa maneira, não é? – disse Holmes, pensativo. – Sim, não tenho dúvidas de que foi um plano bem arquitetado.

– Quer dizer que pensa que não foi acidente?

– De modo algum.

– Ele foi assassinado?

– Com toda a certeza.

– É o que penso também. Esses Vingadores infernais, esse maldito ninho de criminosos vingadores.

– Não, não, meu bom amigo – disse Holmes. – Não se trata de uma mão vingadora. Não se trata de espingardas de canos serrados ou de toscos revólveres. Há nisso a mão de um velho artista que se revela no veio de sua pincelada. Posso dizer, à primeira vista, que é obra de Moriarty. Esse crime foi planejado em Londres e não na América.

— Mas por que motivo?

— Porque foi levado a efeito por um homem que não pode se permitir falhar, por alguém cuja única e toda fortuna depende do fato de que tudo o que faz deve ter êxito. Um grande cérebro e uma vasta organização se empenharam na destruição de um único indivíduo. É como quebrar uma noz com um martinete – um absurdo dispêndio de energia – mas a noz é inevitavelmente e do mesmo jeito esmagada.

— Por que esse suposto homem chegou a se envolver nisso?

— Só posso dizer que a primeira palavra que chegou até nós sobre o caso partiu de um de seus asseclas. Esses americanos foram bem astutos. Tendo pela frente um trabalho a ser feito na Inglaterra, estabeleceram uma parceria, como qualquer criminoso estrangeiro faria, com esse grande consultor do crime. A partir desse momento, o homem visado já estava condenado. De início, Moriarty se contentaria em utilizar sua máquina para localizar a vítima. Depois, haveria de indicar como o assunto deveria ser tratado. Finalmente, quando leu nos jornais que esse agente havia falhado, ele próprio assumiu a direção com um golpe de mestre. Você me ouviu avisar seu amigo, na mansão de Birlstone, de que o perigo futuro era maior que o passado. E eu não tinha razão?

Em sua impotente raiva, Barker bateu na testa com os punhos fechados.

— Não me diga que temos de ficar aqui parados diante disso? Haverá de dizer que não há ninguém que possa acertar as contas com esse rei dos demônios?

– Não, não digo isso – falou Holmes, e seus olhos pareciam estar dirigidos para um futuro distante. – Não digo que não poderá ser vencido. Mas deve me dar tempo... deve me dar tempo!

Todos nós ficamos em silêncio por alguns minutos, enquanto aqueles proféticos olhos ainda persistiam em penetrar no véu que encobria o futuro.